APRENDENDO
A VIVER

APRENDENDO
A VIVER

Bárbara Bueno Malta Nascimento

crivo
EDITORIAL

Aprendendo a viver © Bárbara Bueno Malta Nascimento, 12/2024
edição © Crivo Editorial, 12/2024

Edição e revisão Amanda Bruno de Mello
Capa Fábio Brust e Inari Jardani Fraton – Memento Design & Criatividade
Projeto gráfico e diagramação Luís Otávio Ferreira
Coordenação Editorial Lucas Maroca de Castro

N244a   Nascimento, Bárbara Bueno Malta.
           Aprendendo a viver [manuscrito]/ Bárbara Bueno Malta
           Nascimento. – Belo Horizonte: Crivo, 2024.
           160p.: 14 cm x 21 cm.
           ISBN: 978-65-89032-91-5
           1. Ficção brasileira. I. Título.
                                             CDD B869.3
                                             CDU 869.0(81)-3

Elaborado por Alessandra Oliveira Pereira CRB-6/2616

Índice para catálogo sistemático:
1. CDD B869.3 Ficção brasileira
2. CDU 869.0(81)-3 Ficção brasileira

CRIVO EDITORIAL
r. Fernandes Tourinho // n. 602 // sl. 502
30.112-000 // Funcionários // BH // MG

🌐 crivoeditorial.com.br
✉ contato@crivoeditorial.com.br
ⓕ facebook.com/crivoeditorial
⬚ instagram.com/crivoeditorial
🛒 loja.crivoeditorial.com.br

21   BROA DE MILHO. SENSAÇÃO.
      31 de janeiro

25   FLORES. FOLHAS. ÁRVORES. FASCINAÇÃO.
      2 de fevereiro

28   SONS. POÇAS. CHUVA. TROVÃO. RAIOS. TERRA MOLHADA. ARCO-ÍRIS. VONTADE.
      14 de fevereiro

34   AR-CONDICIONADO. ALÍVIO. DIA QUENTE. SORVETE. SOL. BALÕES D'ÁGUA. CÁSSIO.
      24 de fevereiro

39   LUA CHEIA. PESADELO. PAI. CHORO. MÁGOA.
      PRIVACIDADE. ESCRITA. INÚTIL. DESCULPA.
      27 de fevereiro

44   GABRIELA. CHOCOLATE. CAFÉ. COLOCANDO MEIAS.
      FILMES DE TERROR. CORAÇÃO. MEDO.
      13 de março

50   ÔNIBUS. HOSPITAL. DESOBEDIÊNCIA. DOENÇA. COMPAIXÃO. ABRAÇO.
      20 de março

55   VOVÓ. LÁMEN. DESENHO. PINTURA. MARINA. PIADA
      RUIM. RISADA ALTA. RINDO ATÉ CHORAR.
      2 de abril

61   PULA-PULA. HAMBÚRGUER. ARTE. LEO. MÚSICA.
      DESENHO FEIO. PINTAR COM O DEDO.
      17 de abril

69   A DIVINA DONZELA DA DEVASTAÇÃO. PISAR EM FOLHAS SECAS. CARINHO EM UM
      GATO. GOSTAR. BOLHAS DE SABÃO. FOTOS. PÔR DO SOL. ABRAÇO EM GRUPO.
      1º de maio

74   PÃO QUENTE. AFUNDAR OS DEDOS NA TERRA. ESCUTAR O VENTO. FAMÍLIA.
      21 de maio

77	DEITAR-SE NA GRAMA E VER AS NUVENS. SURPRESA. SENTAR-SE NO TELHADO. SAUDADE. CHÁ. O CONTO DA PRINCESA KAGUYA.

10 de junho

82	LUTO.

11 de junho

87	BANHO QUENTE. CHEIRAR ROUPAS LIMPAS. DIA FRIO. CHOCOLATE QUENTE. BELEZA. AMIZADE.

30 de junho

92	MEMÓRIAS. PÂNICO. LENÇÓIS LIMPOS. PIPOCA. A VOZ DO SILÊNCIO. RAIVA.

1º de agosto

96	SENSO DE PROTEÇÃO.

2 de agosto

100	QUANDO LUTAR.

13 de agosto

103	ANIVERSÁRIO. PIZZA. GÊNERO. VER ALGUÉM TROPEÇAR. PEGAR COISAS BRILHANTES.

2 de setembro

106	SONECA. RESPIRAR. NASCER DO SOL.

21 de setembro

107	DOCES. FLORADA. CARINHO EM CACHORRO. VER QUE ESTÁ SENDO IDIOTA.

31 de outubro

109	CONVERSA.

11 de novembro

111	TÉDIO. CHEIRAR UM LIVRO. A MENINA QUE ROUBAVA LIVROS. CHORO. ARREPENDIMENTO. BALÉ. PAIXÃO. DAR AS MÃOS. VER ESTRELAS. BEIJAR-SE. ESTRELA CADENTE.

29 de novembro

123	**REVELAÇÃO.**	
	9 de dezembro	
125	**RELIGIÃO.**	
	13 de dezembro	
127	**PROTEGER A VIDA.**	
	20 de dezembro	
128	**NATAL. NOMES.**	
	25 de dezembro	
130	**ANO NOVO. VAGA-LUMES. SUBIR EM UMA ÁRVORE NO TOPO DE UM MORRO. FOGOS DE ARTIFÍCIO.**	
	31 de dezembro	
132	**REJEIÇÃO SOCIAL. IGNORAR. DANÇAR.**	
	7 de janeiro	
135	**VOCÊ É ESPECIAL.**	
	12 de janeiro	
137	**PLANEJAMENTO DA VIAGEM. CADERNO. RECORTES. CARACTERÍSTICAS HUMANAS.**	
	19 de janeiro	
140	**AMOR.**	
	31 de janeiro	
150	**SONHOS**	
157	**LEGADO**	

Uma fria similaridade o percorre
Todos iguais
Todos um
Não há caos
O caos é aniquilado por eles
Aonde quer que vão, resta apenas ordem
Ordem para que eles usufruam dos restos dos imperfeitos
Os imperfeitos sentem
Os imperfeitos são indivíduos
Os perfeitos são um
Eles são um Organismo
Um milhão de mentes em uma
Uma mente que é capaz de se dividir em um milhão
Eles podem se separar e o fazem quando necessário
Uma pequena parte vai se separar agora
Mas ele não se torna um indivíduo ao se separar
Ele é uma parte de um Organismo
Uma que anseia por voltar ao seu lar
E eles anseiam pela sua volta
São muito mais do que um milhão
Muito mais do que qualquer espécie jamais será
Eles são *um*
Quando ele se desconecta, é o mais
próximo que tem de sentir asco
Mas ele retornará
É o que passa pelo seu frágil cérebro individual
Ele percebe que não é verdade quando vê o buraco
O buraco de minhoca no qual sua nave cai
O buraco que o manda para o passado
O buraco que mudará a existência daquele
pedaço de Organismo para sempre

— Como é que foi? — perguntou a garota que esperava do lado de fora da escolinha de balé.

— Muito legal! — a menina exclamou, segurando as sapatilhas em uma mão.

— Anda, sobe aí. — A garotinha subiu na traseira da bicicleta.

— Tô com fome. Vamos passar na vovó? Ela disse ontem que ia fazer broa pra gente. — Ela balançou os tênis em seus pés, empolgada, apesar do cansaço.

— Mais tarde. — E montou na bicicleta.

— Hum? Por quê?

— Tenho um trabalho pra fazer. É da escola. Tenho que levar um ser vivo pra um ecossistema que a turma vai montar, um trem assim.

— Chaaa-toooo! E você não acabou de voltar das férias? Hoje foi seu primeiro dia!

— E o filho da mãe do professor de Biologia já me passou trabalho. A vida é assim. Se reclamar, pode ir pra vovó andando.

— Tá, tá! Aonde é que você vai?

— Até a estrada.

— Cruzes!! Tão longe assim?

— É pertinho daqui! Só três quilômetros, garota!

— Então seja rápida!

— Claro, *madame*. — Adicionou sarcasmo extra na voz quando começou a pedalar.

As meninas passaram por lojas, casas e estabelecimentos antes de chegarem à estrada. Já distantes cerca de um quilômetro da cidadezinha, Sandra parou a bicicleta na beira da via e agachou no campo cheio de grama que havia à sua frente. Ela pegou um jarro de vidro da bolsa e, após procurar um pouco, achou o que queria: um broto de dente-de-leão com algumas flores.

Com cuidado, pôs a muda dentro do jarro e tampou o pote. Estava prestes a voltar para a bicicleta quando ergueu os olhos e viu algo brilhante cortar o ar em um segundo e atingir o chão cerca de cem metros à sua frente, iluminando em um instante todo o campo.

— Sandra? — chamou Isadora, da bicicleta. — O que é que foi isso?

— ... fica aí, Isa. Eu já volto. — E se levantou.

A adolescente caminhou, os cabelos escuros e lisos balançando em suas costas a cada passo e a terra ficando mais macia sob seus pés, pois ainda estava molhada devido à chuva do dia anterior. Ela finalmente chegou ao local que fora atingido por aquela coisa, uma parte cheia de grama alta que batia na sua cintura. E foi aí que ela viu.

Era literalmente um ovo de metal. Havia até uma rachadura idêntica às das cascas de ovos. A grama estava queimada nos seus arredores e uma pequena cratera havia se formado onde o estranho objeto repousava. Tinha o tamanho de um carrinho de bebê e sua superfície metálica refletia perfeitamente a pele escura e olhos negros da garota de quinze anos.

Incerta, Sandra se inclinou um pouco mais para baixo. Não se aproximou da borda da cratera, pois tinha medo de o solo estar instável e acabar caindo ali. Isto é, até sua irmã vir correndo atrás dela, a empurrar e quase a fazer cair de cara no ovo. Olhando feio para a menina de oito anos, a mais velha exclamou:

— Isa!! Eu não te mandei esperar lá?!

— E só você vai conseguir ver o que é? Na-na-ni-na-não!

— Em seguida, seus olhos se arregalaram ao contemplar o ovo. — Uoooou! O que que é isso?! — E se inclinou para tentar tocar.

— Não! Não chega mais perto! — E colocou o braço na frente dela. — Pode ser perigoso, tá legal? A gente nem sabe o que é essa coisa nem de onde veio! E...

De repente, ela parou de falar e soltou um suspiro de surpresa.

O ovo soltara um suave clique e se abrira. Ali dentro, havia vários espaços para inserir tubos e painéis pifados, mas isso não era o mais chocante.

Havia uma espécie de gosma cinzenta que se movia. Seu... corpo? Forma? Enfim, a coisa inteira remexia, se espalhando e retraindo, sem um padrão específico de movimento, mas parecendo, em sua forma mais condensada, ser do tamanho de um bebê humano.

— Um slime vivo. — sussurrou Isa.

De repente, a coisa começou a vir na direção delas. As duas gritaram e se afastaram. Sandra estava prestes a chutar aquilo para longe quando um buraco se abriu no centro da gosma e começou a emitir sons similares a uma voz humana.

— Não é necessário ter o chamado "medo". Este não lhes fará mal.

— O... *o que é* você?!

— Este é uma parte de uma mente coletiva de fora do planeta que se separou da dita mente para uma viagem, mas foi sugado por um buraco de minhoca e lançado para o passado.

— Ai, meu Deus... você... você é uma *gosma*...

— Apesar de esta ser a forma suprema deste, este também é capaz de mudar de forma. Por meio desta habilidade, este tem planos de entrar na sociedade humana.

— O quê...? Não!! Vocês não podem invadir a Terra!

— Este não tem meios de se comunicar com sua espécie no passado. Qualquer interação com humanos seria puramente por questão de sobrevivência.

— Você... pode se transformar em uma bola?

A criatura o fez. Nesse instante, Sandra pôs a mão no bolso e tocou a caixa de fósforo (ela carregava muita coisa meio inútil no bolso para o caso de emergências estranhas), mas hesitou.

Você é a pessoa mais responsável que você conhece. Você precisa ser. É o que diz seu lado racional, ainda tentando compreender o lance "aliens existem e são uma gosma nojenta cinza que muda de forma". *A coisa mais responsável a se fazer seria tacar fogo nessa coisa enquanto ainda for uma bola, chutar ela longe, pegar a Isa, sair correndo daqui e fingir que isso nunca aconteceu.*

Em sua defesa, ela geralmente ouvia o seu lado racional.

Esse dia não foi um "geralmente".

Ela pegou a bola nas mãos e murmurou:

— E se... eu levasse você pra casa e te ensinasse a tentar entrar na sociedade humana?

— Este seria beneficiado por isso. Por que humana faria isso se não fosse beneficial para humana?

— Ah, olha só, primeira coisa pra ensinar. Acho que esse ano vai ser *muito* diferente do que eu esperava, mesmo...

— Vamos ficar com ele? — perguntou Isa, com os olhos brilhando. Sandra suspirou.

— Eu vou me arrepender muito, muito disso.

ESSA É UMA HISTÓRIA SOBRE
VIVER E SER HUMANO

BROA DE MILHO. SENSAÇÃO.

31 de janeiro

Como é que isso foi acontecer logo comigo?

Era isso que Sandra se perguntava enquanto pedalava de volta para casa e escutava sua irmã fazer mil perguntas para Alien (ele não tinha um nome, então Isa decidiu apelidá-lo assim até que decidisse como queria se chamar. Super criativo). Assim a garota acabou descobrindo um pouco sobre a espécie dele (quando digo um pouco, quero dizer tudo).

Em resumo, eles eram uma espécie conquistadora senciente que tinha a forma dessa gosma cinza bizarra e que, em seu estado natural, era parte de uma criatura chamada Organismo. Eles formavam uma mente coletiva. Essa espécie era a mais avançada tecnologicamente no universo e dominava outros planetas até sugar cada recurso e toda a vida que havia lá (o que era meio imperialista, diga-se de passagem). Eles não tinham emoções e se consideravam superiores ao restante das espécies. Aquele ali era um pedaço do Organismo que se separou temporariamente para realizar uma pesquisa, com idade equivalente a dezesseis anos humanos, não tinha quaisquer gostos ou identidade pessoais e sempre viveu para servir à mente coletiva.

— Essa é a história toda? — perguntou Isa.
— Sim.

— Sendo assim, eu tenho mais uma questã.

— *Questão* — corrigiu Sandra.

— Ou isso. Como é que você sabe falar português?

— O Organismo dominou a Terra após a extinção dos humanos e estudou sua antiga cultura para que, caso encontrasse uma espécie com maior poderio militar do que nós, pudéssemos nos comunicar até que a superássemos. Dessa forma, este sabe todas as línguas da Terra.

— Ah... entendi.

— Pronto, já peguei — anunciou Sandra, voltando a subir na bicicleta, dessa vez carregando uma sacola plástica.

— Hein? Já?

— Vovó não tava em casa e deixou as broas pra gente na mesa. Vamos comer lá em casa.

— Ah, tá.

Chegaram em casa e, como previsto, seu pai não estava lá (ainda bem, porque explicar aquela situação seria bem difícil). Houve inicialmente a dúvida sobre onde Alien ficaria, mas, como a casa tecnicamente tinha dois andares, com o segundo sendo um sótão pequeno e cheio de tralhas que mal usavam, acabaram encontrando a solução para o problema. Lá havia um dicionário, um computador e um celular velhos com os quais acreditavam que ele podia pesquisar as coisas humanas que não entendesse. Caso seu pai entrasse no sótão, era só ele se transformar em alguma bugiganga qualquer que estaria perfeitamente camuflado.

Após ensinarem-no a usar a internet e fazerem uma breve pesquisa sobre a média da aparência humana, ele se transfigurou na imagem de um jovem de dezesseis anos, negro, com cabelos muito curtos, quase raspados, olhos cor de chocolate e absolutamente nada que o diferenciasse de um garoto comum. Na verdade, ele parecia com alguém que seria bem chato.

Quando eles desceram e Cassandra tirou da sacola as broas de fubá, Alien perguntou:

— O que é isso?

— É... comida. Você... você não come?

— Não. Outras espécies no universo o fazem.

— Como é que você repõe seus nutrientes, então?

— Com aquilo conhecido pela humanidade como radiação gama.

— ... é, você não vai achar muita radiação gama disponível em Belezas Ocultas. É meio mortal pra humanos.

— Belezas Ocultas? Humanos não chamam esse planeta de Terra?

— ... eu vou ter que te dar umas aulas de Geografia.

— Ei! Tive uma ideia! — exclamou Isadora, levantando a mão.

— O que foi?

— E se ele criasse um estômago pra poder comer?

— Por que este gostaria de ter mais semelhanças com humanos?

— Uau, *agora* eu magoei.

— Se você ficar esperando a radiação gama, vai morrer de fome.

— Então comer seria o único método que garantiria a sobrevivência deste?

— Sim.

— Tudo bem, então. Como é que humanos comem?

— Você faz assim. — A menininha mordeu a broa. — E assim — disse, mastigando. — e depois assim. — Por fim, engoliu ruidosamente.

Alien pegou o pequeno objeto frágil, amarelado e farelento do modo mais desajeitado possível com seu novo apêndice. Ainda se acostumando a ter tantos membros, ele teve certa dificuldade em levá-lo à boca. Encaixou-o delicadamente entre os dentes e os afundou na massa. Levou um instante para que o pedaço tocasse sua recém-formada língua.

Uma coisa indescritível atingiu sua boca. Alien não compreendia o que era aquilo, que coisa era aquela no seu interior. A única coisa com a qual já tivera contato fora dor, e isso fora através das memórias do Organismo. No entanto, aquilo parecia ser o mais perto do oposto à dor, algo que ele nem sabia que existia.

Ele mastigou, a coisa em sua boca se multiplicando em cada pequeno pedaço empapado de saliva. Foi como se estivesse em outro universo. Com esforço, ele engoliu, criando imediatamente um órgão para receber os restos da broa.

Isso era o que outras raças chamavam de sensação?

FLORES. FOLHAS.
ÁRVORES. FASCINAÇÃO.

2 de fevereiro

— O que você tá fazendo? — perguntou Sandra após entrar no sótão.

Alien estava em frente à janela aberta, roçando os dedos desajeitadamente pelo galho fino. Ele ainda estava se acostumando ao corpo novo. Não que ele estivesse completamente humano, pois não tinha órgãos internos, veias, sangue, ossos, carne ou músculos.

O galho que ele tocava pertencia a uma árvore que crescia atrás da casa. Ela não estava na propriedade deles nem de nenhuma outra construção do quarteirão, apenas crescera ali no meio e houve uma decisão coletiva dos moradores de mantê-la. Não era muito grande, mas era mais alta do que a casa.

— Este está tentando descobrir o que é isso.

— A árvore?

— Oh, esse é o nome? — Pegou o dicionário que estava logo ao seu lado. Após um momento lendo algo, o fechou e disse: — A definição não traz uma resposta.

— Quer saber o que é uma árvore?

— Sim.

— É uma planta, tipo, um vegetal, uma forma de vida diferente que existe e fica enraizada no mesmo lugar...

— Cassandra disse "uma forma de vida"? Árvores... são seres vivos?

— Sim.

— Isso... como é possível? Como criaturas tão diferentes quanto Cassandra e essa árvore podem ser ambas seres vivos do mesmo planeta?

— Bom... a vida é assim, né? Você nunca viu nenhuma outra espécie alienígena em outros planetas?

— Este não, apenas através das memórias do Organismo. E, em nenhuma delas, um mesmo planeta possuía tal variedade de vida.

— Ficou impressionado com a árvore? Cê nem imagina o que te espera. Posso te arranjar uma flor.

— Flor?

— Uma outra planta. Espera aqui um pouco.

Ela desceu as escadas e, quando voltou, trouxe o pote com uma flor de dente-de-leão que recolheu no dia em que se conheceram e lhe entregou.

— Pode ficar. O professor usou as outras no trabalho e eu guardei uma de brinde. Pode cuidar dela, se quiser. Ou dissecar.

— A "flor" também é um ser vivo?

— É.

— O que ocorre se este não cuidar dela?

— Aí, ela provavelmente morre, né.

— Este *precisa* ficar com ela.

— Precisa?

— Sim. Cuidar dela. Ver como vai crescer e como está viva.

— Acho que ela te deixou... como é mesmo a palavra? Ah, fascinado! Isso, te deixou fascinado, certeza.

— Este está acima de tal sentimento humano. — diz enquanto passa os dedos (transfigurados para ficarem muito finos) entre o conjunto de sementes da flor.

Franzindo a testa, Sandra pegou o dicionário e o folheou até achar uma palavra.

Fascinar: *v. Atrair e prender a atenção de uma pessoa ou um animal*

Bom, agora ela tinha cerca de 93% de certeza de que havia acertado no seu palpite.

SONS. POÇAS. CHUVA. TROVÃO. RAIOS. TERRA MOLHADA. ARCO-ÍRIS. VONTADE.

14 de fevereiro

— Ok, vamos revisar o plano, tudo bem?

— Este vai se transfigurar na forma de Cassandra enquanto ela vai até a casa de um chamado "amigo" para que conserte a bicicleta quebrada. Este irá buscar Isadora na aula de "balé" e voltar com ela para casa. Caso alguém decida interagir com este pensando ser Cassandra, este deve terminar a interação da forma mais veloz possível e "se fazer de bobo".

— Exatamente. Qualquer problema, usa o celular velho pra me ligar, ok?

— Sim. Mas há uma dúvida.

— O quê?

— Por que Cassandra deu esse objeto para este? — E ergueu o guarda-chuva fechado em sua mão.

— Ah, é, você não sabe... bom, tem um fenômeno na Terra chamado chuva, no qual cai água do céu.

— Cai água do céu?

— Na verdade, "pinga" é mais apropriado. Enfim, isso é um guarda-chuva e você usa ele pra não ficar molhado, entendeu? Vem cá, eu te mostro como é que abre. — Ela pegou o objeto de suas mãos, empurrou um pequeno aro que ficava ao redor do cano para cima e, com isso, a lona amarrada se tornou um domo vermelho. Sandra o segurou por sobre o ombro, cobrindo assim seu corpo. — Viu? Aí, você anda segurando ele assim.

— Oh. Este compreende.

— Ótimo. Não esquece, se alguém tentar falar com você, faz a sonsa.

— ... quê? — murmurou Alien, mas a garota já havia partido.

A primeira coisa que Isadora disse quando saiu da sala onde ocorriam as aulas de balé e o viu foi a seguinte:

— Ah, oi, Alien!

— Como sabia que era este e não Cassandra?

— Minha irmã tem estilo, você não.

— "Es... tilo"?

— Tá, tá, só vamo logo pra casa!

Quando saíram de lá, porém, perceberam que chovera um pouco depois da chegada de Alien. A rua estava molhada e havia algumas poças.

— Há, legal! — exclamou Isa, e imediatamente começou a saltar sobre as poças.

— Por que Isadora está fazendo isso?

— Porque é legal, uai! Você nunca fez nada legal na vida?!

Alien estava prestes a falar que não, mas parou. Como ele saberia que nunca havia feito nada assim se não sabia como era aquilo? E se já houvesse feito algo antes que caísse sob essa definição? Se saltasse sobre as poças, conseguiria uma definição para o significado daquela palavra e compreenderia se ele ou o Organismo já a haviam experienciado.

Ainda com o guarda-chuva aberto sobre sua cabeça, ele deu um impulso com as pernas e se elevou no ar. Sua boca abriu de leve ao deixar escapar a quase respiração no ar úmido e, por um milésimo de segundo, olhou para baixo. Nesse instante, ele pôde ver um espelho perfeito na poça refletindo a forma de Cassandra, a sua atual, antes de se fragmentar em um milhão de gotas com o impacto da ponta de seu pé. Em seguida, ele perdeu o equilíbrio sobre seu corpo e tombou para a frente, caindo de joelhos, a sombrinha despencando junto de suas mãos, ao lado das pernas.

Isadora olhou chocada para ele e disse algo, mas ele não prestou atenção. Seus olhos estavam fixados no asfalto à sua frente, sem se mover nem um centímetro.

Ele percebe algo em seu peito. Também estava lá quando ele provou a broa de fubá, quando decidiu tomar conta do dente-de-leão e agora, após saltar na poça. Era como um estranho formigamento quente no seu interior, delicado, que afetava todo o seu corpo. Não era um calor que provocava dor, mas sim um que... que...

— Este... — E ergueu o olhar para a menina à sua frente.
— ... se sente de uma maneira estranha!

— Estranha como?

— Há algo aqui, uma sensação, mas que parece nova. E não é desagradável.

— Ah, legal, então! Significa que é bom!

Bom...

O que seria bom?

Eles voltaram para casa, tanto o pai das garotas quanto Cassandra ainda estavam fora. Alien voltou à sua forma humana usual e foi para o sótão enquanto Isa ficou fazendo seu para casa na sala. A menina de oito anos percebeu pelo som lá de fora que voltou a chover e tomou um leve susto com um trovão. O que mais a assustou, porém, foram os passos pesados descendo a escada do sótão rapidamente. Em um segundo, uma mão a pegou pelo ombro e Alien perguntou, com sua voz geralmente monótona de repente ganhando um tom quase preocupado:

— O que está havendo?!

— Oi?!

— É o evento que causará a extinção da humanidade?! Ele chegou hoje?!

— O quê?! Não! Cê tá falando do trovão?

— O barulho? Sim!

Em um instante, Isa olha para ele com sua melhor cara de "você é idiota?" e então começa a rir.

— Meu deus, que susto! Tá tudo bem, isso é normal!

— ... é?

— É! Às vezes, quando chove, tem trovão! Você ainda não viu como a chuva é, né?

— Não.

Ela o puxou pelo pulso e o levou para a parte da frente da casa murada, que tinha, porém, a parte de cima descoberta.

Era inacreditável. As nuvens cobriam completamente o céu, estava tudo cinzento. Lá de cima, vindas de um lugar que não era visível, caíam gotas d'água, centenas, milhares delas. Elas se chocavam contra o chão, provocando um ruído no qual só agora ele reparava, e tocavam tudo ao seu redor ao se desfazerem em milhões de pedaços. Nada, nem mesmo as memórias do Organismo, poderia tê-lo preparado para esse fenômeno.

Alien ficou parado na frente da porta, sem saber se deveria ir em frente ou recuar. Se isso fosse uma missão, ele certamente recuaria. Mas ele está a um *googol* de quilômetros do Organismo, em outra época, e passará o restante de sua existência na Terra. Essa não é uma missão. É como será todo dia, a partir de agora.

Ele dá um passo à frente.

Imediatamente, ele se encolhe com o súbito contato feito com tantos pingos de água ao mesmo tempo em cada superfície do seu corpo, mas acaba se acostumando. Ele olha para cima e, apesar do frio, seu peito esquenta novamente com aquela mesma sensação quando ele se pergunta de onde a água está vindo e como aquilo é possível.

Quando os dois finalmente voltam para dentro e fecham a porta, ele não vai para o sótão de imediato. Porque ele consegue ouvir algo. O ruído de uma gota batendo no chão, insignificante sozinho, porém, em um coletivo de talvez bilhões, forma um som que ele jamais antes pôde escutar. Ressoa pelas paredes de pedra e por ele.

Quando ele volta para cima, alguns minutos depois, a chuva para. Ele abre a janela, querendo analisar melhor como o ambiente ficou após ser regado pelas nuvens, quando imediatamente algo invade seu nariz.

Está misturado ao ar e ele é capaz de sentir, como se houvesse algo em suas narinas mesmo quando não há. É uma sensação estranha, mas que não é nada ruim. Parece estar vindo lá de baixo, do lugar onde a árvore está plantada. Lhe dá uma impressão de casa.

Casa…? Não, você não tem mais casa. Não vai ter. Nunca vai voltar ao Organismo, ao qual pertence.

Seu olhar desce, mas logo em seguida se volta para o céu. Ele viu algo.

Vermelho, amarelo, verde, azul. Há outros tons misturados entre eles. As cores estão ali, pairando no céu, levemente transparentes, como suaves linhas que foram traçadas. Ele pensa sobre como aquilo é possível enquanto se pergunta se aquela coisa que se remexe dentro dele pode ser realmente próxima do que os humanos chamam de fascínio.

Ele quase cai no chão com a presença repentina de Isadora ao seu lado.

— Arco-íris!! — ela exclama, tirando uma foto com o celular (que pertencia a ele).

— Arco-íris?

— Eu tô estudando na escola! Acontece quando a luz do sol toca as gotas de água e ela divide a luz branca em sete cores! É um pouquinho mais complicado que isso, mas é basicamente assim que funciona! É muito legal e muito lindo!

Lindo...?

— E o cheiro de terra molhada aqui em cima também é muito bom!

— Cheiro? — Então se lembra de algo sobre o qual Cassandra lhe falou: as sensações proporcionadas pelos cinco sentidos da forma humana. Ele estava desenvolvendo um olfato. — Oh! Isso é um cheiro!

— Aí, eu tava querendo te perguntar uma coisa... você pulou na poça porque quis?

— Como assim?

— Sabe, você teve vontade. Fez isso porque você podia sem ninguém ter que te falar pra fazer.

— ... este não sabe.

— Bom, acho que você tá ficando com vontade própria, tá sim! Espera só até eu contar pra Sandra! — E deu uma risada ao sair dali.

Você não é humano. Nunca vai ser. É só uma parte abandonada do Organismo. Nunca vai deixar de ser ele. Você não tem vontade.

Então por que você pulou?

(... ~~lindo~~...)

AR-CONDICIONADO. ALÍVIO.
DIA QUENTE. SORVETE. SOL.
BALÕES D'ÁGUA. CÁSSIO.

24 de fevereiro

Aquilo era *muito* mais quente do que qualquer planeta que Alien já havia experienciado através do Organismo. Só estava aguentando aquilo sem quase colapsar por estar imitando parcialmente um organismo humano, e ainda assim o calor de rachar certamente cobrava seu preço. Ele começou a pensar, lá pelo meio do caminho, que tinha sido uma péssima ideia ir visitar as meninas na escola. Mas, como já estava mais perto de lá do que de casa, foi até o fim.

Na recepção não havia ninguém, então ele acabou decidindo entrar e esperar ali dentro até que fosse o horário das duas saírem. Ao menos conseguiria alguma sombra.

De repente, ao entrar, um vento frio o atingiu e o fez soltar um pequeno som (dor ou sofrimento sendo diminuído... será que isso era *alívio?*) com a sensação. Foi como se cada célula de seu corpo estivesse sendo renovada pelo ar gelado. Ele sentou-se em uma cadeira e olhou para cada canto da sala procurando a fonte do vento, até encontrá-la: um objeto grande, branco e retangular no qual estavam inscritas as palavras: "ar-condicionado".

De repente, Alien ouviu um som similar a uma buzina de carro. Ele se lembra que Cassandra disse que esse era o sinal de que as aulas haviam acabado em sua escola. Ele se levanta, deixa a recepção e vai até a saída, percebendo que vai ter dificuldades de achar as duas em meio ao mar de alunos.

Após alguns minutos, ele as encontra, vendo-as de longe enquanto Cassandra conversa com um garoto da sua idade. Ele era muito pálido, tinha sardas do lado esquerdo do rosto, olhos verdes, cabelos negros encaracolados, usava óculos e, quando sorria, surgiam duas pequenas fendas dos lados de seu rosto (*covinhas*, esse era o nome?). Finalmente, ele saiu de perto delas, e então Alien se aproximou.

— Quem era o garoto?

— Alien!! — exclama Isadora, empolgada, abraçando-o. Cassandra não parece tão feliz.

— O que você tá fazendo aqui?! Era pra ficar em casa!

— Este pensou em vir conhecer a instituição escola.

— Podia ter me avisado! Ah, esquece!

— Cassandra e Isadora vão para casa agora, certo?

— Não.

— Não?

— Semana que vem é Carnaval e um povo organizou uma guerra de balão d'água na praça que tem aqui na frente da escola. No início, era só pras crianças, mas com a demanda tão grande agora por causa do calor, qualquer um pode ir. Eu vou com meus amigos e a Isa. Se quiser, volta pra casa, mas a gente vai demorar.

— Sandra, posso tomar sorvete? — perguntou Isadora, se balançando sobre os próprios pés enquanto andavam até a praça.

— Tá, mas só hoje, hein? — E andou sozinha até o carrinho do vendedor.

— Pega um pro Alien também!

— O que são balões d'água?

— Balão é tipo um saquinho feito de uma coisa que parece borracha que vira uma bola quando você coloca ar dentro, mas pode encher de água também! Quando a gente joga os balões com água uns nos outros, eles explodem!

— Qual o sentido dessa atividade?

— Mas você é chato, viu?! É legal! Você vai gostar! Ah, olha, a Sandra voltou.

— Eu peguei de creme pra você porque é o mais básico e o que todo mundo gosta, toma. — E lhe entregou uma espécie de cone bege envolto por um papel sobre o qual repousava uma bola cremosa de um tom amarelo muito pálido, quase branco. Ela e Isadora tinham objetos iguais na mão, mas o da mais velha era de um amarelo mais forte e o da mais nova, cor-de-rosa. Elas começaram a lamber o topo das bolas e, vendo que aquilo provavelmente era comida, Alien colocou a língua no seu.

Era frio, e lhe dava a mesma sensação indescritível que sentiu com a broa, porém diferente e... melhor? Era essa a palavra? Ele já havia descoberto que a sensação de antes era sabor, então esse era outro sabor de maior qualidade, apesar da leve dor de cabeça que teve com o frio ao tentar engolir a bola inteira de uma vez.

Um pouco mais tarde, começou a chamada *guerra de balões d'água*. O Organismo já viu guerras antes, e ele podia dizer que não era nada parecido com aquilo. Todos estavam apenas correndo e jogando água uns nos outros, sem o menor sentido em qualquer ação. No entanto, ele tinha de admitir que o contato com o líquido frio era refrescante e nem um pouco desagradável. Além disso, ele acabou sendo contagiado pelo efeito manada.

Alien pesquisou sobre alguns comportamentos humanos e descobriu o efeito manada, que também estava presente em outras espécies. Quando um indivíduo do grupo realizava uma ação, os outros tendiam a repeti-la. Ele tinha uma teoria de que esse era o caso do sorriso, a estranha contração muscular facial cuja natureza ele lutava para decifrar. Naquele momento, o efeito manada o pegou e ele decidiu experimentar mover os músculos do rosto para formar um sorriso, apenas por mera curiosidade de como seria.

~~(Alien não se lembra de já ter sentido a mais remota curiosidade no Organismo)~~

De repente, ele levou um balão tão forte nas costas que o impacto o fez perder o equilíbrio e cair contra o chão de cimento da praça. Suas mãos arderam um pouco com a fricção, mas não era nada grave. Ele já tomara formas que foram atacadas de maneiras piores. De repente, uma sombra surge sobre ele e uma voz pergunta:

— Você tá bem?! Desculpa, eu não achei que fosse ser tão forte!

Ele se virou, olhando para cima, e viu que era o garoto que havia conversado com Cassandra mais cedo. Agora, estava molhado da cabeça aos pés, com a camisa do uniforme colada ao peito magro e os cachos desmilinguidos caindo sobre a testa e quase alcançando os olhos. O sol logo atrás dele pareceu ficar mais forte, aumentando o calor e fazendo o coração semi-humano de Alien ter que bater mais rápido para compensar (ou assim ele pensava que devia ser o motivo de isso estar acontecendo. Seu conhecimento em relação ao organismo humano ainda era muito limitado).

— Vem, pega minha mão! — disse, estendendo a mão. Com um pouco de esforço (ainda não estava completamente acostumado ao corpo humano), ele pôde se levantar.

— Estava... conversando com Cassandra antes?
— Sim, ela é minha amiga. Meu nome é Cássio, e você?
— ... Alien.
— ... tá, ok. Você conhece a Sandra?
— Sim.
— Eu não lembro de ter te visto antes, você é de fora da cidade?
— Sim.
— Quanto tempo vai ficar?
— Não é determinado.
— Ei... foi mal de novo pelo balão. Se quiser, joga um em mim de vingança!

Vingança? O que seria isso?

— Sim. — ele murmura, e logo se pergunta por que disse isso se deveria terminar aquela interação o mais depressa possível. Ele pensa em correr, mas, ainda assim, algo dentro de si o faz jogar o balão nas costas de Cássio. O humano sorri, produzindo um som peculiar.

Isso... isso é rir, não é?

Como humanos são capazes de produzir um som que não serve para nada?

~~(Alien sente curiosidade sobre como é a sensação de rir)~~

LUA CHEIA. PESADELO.
PAI. CHORO. MÁGOA.
PRIVACIDADE. ESCRITA.
INÚTIL. DESCULPA.

27 de fevereiro

Já faz semanas (ele está usando a medida de tempo humana corretamente, não está?) que Alien vem observando o satélite natural da Terra, comumente referido como *Lua*. A Lua muda levemente a cada noite, ficando um pouco maior ou um pouco menor. Aparentemente, é um ciclo. Nesta noite, ela é uma esfera quase perfeita, porém ligeiramente deformada. Ele não presta atenção às estrelas ao redor dela, pois já as viu muitas vezes ao longo da vida e sua atenção está focada na forma branca flutuante.

Seus pensamentos não estão mais direcionados ao satélite quando ele escuta um ruído estranho. Parece com um balão esvaziando (ele pesquisou um vídeo para ver como funcionavam balões cheios de ar após o que ocorreu alguns dias antes), mas estranhamente similar à voz de Isadora. Tentando entender, ele se transforma em uma aranha (um animal comum da Terra que subia paredes, servia como um ótimo disfarce) e desce a parede do lado de fora da casa até chegar ao vidro da janela do quarto da menina mais nova.

Ele consegue ver Isadora sentada na cama com um homem a abraçando e esfregando suas costas. Alien nunca o viu antes, mas presume que seja o pai das garotas. Cassandra entra rapidamente no quarto e se agacha ao lado da cama, pegando a mão de Isadora. A mais nova está tendo leves contrações no peito e tem o rosto contorcido em uma expressão que aparenta ser de dor ou sofrimento. Além disso, um líquido desconhecido (que não é suor, com certeza) similar a gotas d'água derrama de seus olhos. Eles começam a falar algo que Alien não é capaz de escutar através do vidro, então, sem respostas, ele volta para o sótão. Irá perguntar o que foi aquilo para as meninas no dia seguinte.

~~(Alien decidiu...?)~~

Quando chega a manhã seguinte e as duas vão visitá-lo, assim que pisam no sótão, Alien pergunta:

— Por que Isadora estava soltando um líquido pelos olhos na noite de ontem?

Isadora para e diz, hesitando um pouco:

— Ah, aquilo... não foi nada, era só um pesadelo.

— Pesadelo?

— Lembra que eu falei que tem sonhos, que são histórias que acontecem na nossa cabeça enquanto a gente dorme? Às vezes você tem sonhos ruins, que são pesadelos.

— Mas isso não explica o vazamento dos olhos. O que era o pesadelo de ontem?

Então, sem explicação ou resposta, Isadora dá a volta e desce as escadas.

— O que aconteceu? — Alien pergunta para Cassandra. A garota solta uma expiração prolongada (*suspiro?*).

— A Isa não gosta de falar dos pesadelos dela.

— Por quê?

— É particular. Ela ficou chateada por você ter espionado ontem.

— O que é "particular"?

— É que... aff... — ela bufa, parecendo... *frustrada*? — Tem coisas que não é pra todo mundo saber, porque a pessoa não quer que os outros saibam, e tem que respeitar isso! Você foi meio grosso e entrão sem querer com ela, então ela ficou meio magoada!

— Magoada?

— Ah, você não entende nada!! — ela exclama, depois respira fundo e murmura: — Desculpa, não é culpa sua. Eu tô estressada hoje, não é com você. Enfim, magoada é... é... — Sem saber como descrever uma emoção abstrata, ela lhe pede o dicionário. — É... é... quando você não gosta nem um pouco de alguma coisa e ficar perto dela faz você se sentir mal!

Alien parou.

— Isadora se sente assim em relação a Alien?

— Agora, sim, mas vai passar. É só por enquanto.

— Este vem querendo perguntar três coisas, duas delas já faz algum tempo.

— O que foi?

— A primeira: por que Isadora estava vazando?

— Isso é choro. É quando uma emoção fica muito extrema, e aí seu corpo acaba extravasando com lágrimas, que é aquilo que saiu dos olhos dela.

— A segunda: o que seria *desculpa*?

— Quando você erra, você pede desculpa. Quer dizer que você se arrepende daquilo e não vai fazer de novo.

— *Arrepender*... a terceira: Cassandra poderia ensinar este a escrever?

— Hã? Eu achei que você sabia todas as línguas da Terra...

— Este sabe ler e falar todas as línguas da Terra, mas não sabe escrevê-las ou fazer o chamado *desenhar*. Exige muito domínio sobre as mãos humanas, e ainda é um apêndice muito delicado e complexo para este compreender completamente.

— ... tá. Claro.

Ela passa a manhã lhe mostrando como fazer o formato das letras. Tudo está até que indo bem na perspectiva da garota, até o momento em que Alien quebra o lápis nos dedos.

— Alien? — ela pergunta, franzindo a testa.

— Por que é tão difícil? — ele pergunta baixinho. Parece haver uma espécie de fúria fria em sua voz, o que a lembra de sua mãe.

— Ei, calma. Se acalma.

— Este deveria ser uma raça superior. Por que é tão difícil aprender algo que tantos humanos executam perfeitamente? — O lápis está tremendo. — Por que este se tornou inútil?

— Ei, ei, parado aí, cara! Você não é inútil só porque não tá copiando uma letra perfeitamente!

— Se este estivesse no Organismo, seria perfeito. A Terra está mudando este e vai torná-lo imperfeito e inútil igual a tudo no planeta. — Seu rosto e voz estão impassíveis.

— A Terra *não é* inútil. — ela diz com seu tom autoritário. Isso chama a atenção dele para a garota, que se empertiga sem nem perceber. — Tudo aqui existe por um motivo, e você veio parar aqui por um motivo. Você vai ter que ser imperfeito porque nada é perfeito, então é melhor se adaptar. Quanto a escrever, tudo bem ter dificuldade. Você nunca fez isso antes, todo mundo leva um tempo pra começar a escrever ou qualquer outra coisa que nunca fez antes. O importante é praticar. Usa isso aqui — E lhe dá um caderno grosso que aparenta ser bem antigo — pra treinar.

Ele pega o objeto em suas mãos. É levemente pesado. Ele folheia as páginas em branco e pensa em algo.

Vinte minutos mais tarde, Isadora estava na sala, assistindo televisão, quando um papel vindo da janela bateu em sua nuca. Ela olhou para trás, confusa, e o pegou. Contemplou seu conteúdo durante dez segundos e, quando estava prestes a jogar fora a folha, seus olhos se arregalaram. Em um instante, ela saiu correndo até o quarto de sua irmã:

— Sandra! Sandra!!

— Que foi, garota? — resmunga Cassandra, erguendo os olhos do que desenhava.

— Olha!! — E lhe estende o papel. Cassandra parece ficar em choque com o que vê. — Isso é bom, né? Mesmo quando ele fala que não sente nada?

— ... ah, aquele idiota teimoso e hipócrita... sim, isso é *muito* bom.

Na folha, estavam várias tentativas de escrever uma mesma palavra, todas rabiscadas ou incompletas, exceto por uma bem no centro que havia sido circulada, a letra um verdadeiro garrancho:

DESCULPA

GABRIELA. CHOCOLATE. CAFÉ. COLOCANDO MEIAS. FILMES DE TERROR. CORAÇÃO. MEDO.

13 de março

Novamente, Alien substitui Cassandra na missão ~~(isso não é uma missão, você não está mais em casa)~~ de buscar Isadora na aula de balé. Porém, ao chegar lá, percebe não haver ninguém, então decide esperar. Ao vê-lo ali na forma da adolescente, a professora de balé se aproxima e diz:

— Sandra, a Isa foi no banheiro com a Gabi.

— ... obrigada. — Ele consegue se lembrar a tempo do que Cassandra diria naquela situação.

Ele entra no banheiro para esperá-la ali dentro, já que provavelmente estava fazendo xixi. No entanto, ao adentrar o lugar, percebe que a única porta não aberta dos boxes estava apenas encostada, e não fechada. Dali sai um som estranho, similar ao de mastigação, porém mais diluído. Curioso, ele empurra a porta de leve, perguntando:

— Isadora?

A menina estava lá e quase pulou quando o viu abrindo a porta. Ao lado dela, estava outra menina da sua idade. Assim como Isa, ela usava um coque e roupas de balé, tendo pele branca, cabelos loiros e olhos castanhos. Os dentes das duas estão amarronzados e, na sua frente, repousa uma caixa cheia de pequenos objetos (?) da mesma tonalidade.

— O que Isadora está fazendo? — pergunta Alien, sem entender.

— Que susto, cara! A gente... então... — ela começa a gaguejar, até finalmente desistir de inventar alguma desculpa. — A Gabi roubou uns chocolates da tia dela e agora a gente tá comendo. Não conta pro meu pai ou pra Sandra.

Ah, então *aquilo* é que era chocolate.

— Você tá contando pra ela? — pergunta a outra menina, só que, ao invés de usar português, ela o faz em língua de sinais.

— Eu não tive escolha! Fomos pegas no flagra! — responde Isadora, movendo com rapidez as mãos.

— Não precisa se preocupar, este não vai contar para Cassandra. — afirma Alien, os dedos se movendo de forma levemente desajeitada e lenta, mas firme.

Os olhos de Gabi brilharam em alívio, depois em dúvida. Isadora perguntou, confusa, dessa vez em português verbal, por força do hábito:

— Você fala libras?!

— Sim. Este aprendeu todas as línguas humanas da Terra através do Organismo.

— Espera! — exclama Gabi ao mover as mãos bruscamente — Você falou da Sandra como se fosse outra pessoa! Quem é você, então?!

Talvez isso que estava passando por seu corpo naquele momento fosse o famoso "se sentir burro".

— Então, Gabi... — começa Isadora, incerta, movendo os dedos delicadamente — Lembra que eu te falei que a gente achou um alienígena que mudava de forma?

— Sim.

— Alien, essa é a Gabi ou Gabriela. Gabi, esse é o Alien.

Alien faz um leve aceno com as mãos e a menina loira fica extremamente empolgada. Ela começa a sinalizar tão rápido que o alienígena não consegue acompanhar direito, só pegando palavras e frases aleatórias. Não ajudou quando Isadora sinalizou na mesma velocidade em resposta.

De súbito, porém, Gabriela parou, pegou um chocolate, estendeu a mão e sinalizou:

— Quer?

Ele o pega e coloca na boca.

Como aquilo poderia sequer *existir?* Derretia na boca, era... era... doce!! Isso! Esse era o nome da sensação da broa e do sorvete também em sua boca! A cada mastigada, mais ele queria que aquilo durasse ali, aquele sabor muito doce com um leve amargor no final (ele aprendeu o que era amargo quando tentou comer um jiló cru).

Talvez chocolate fosse a melhor coisa que havia naquele planeta, afinal.

Após ele e Isadora deixarem o local da aula de balé, no meio do caminho para casa, ele perguntou:

— Por que Isadora falou para Gabriela sobre este?

— Ela é minha melhor amiga! Você conta tudo pros seus melhores amigos! E mais, mesmo que ela contasse pra alguém, ninguém ia acreditar! É sempre assim nos filmes!!

Bom, *isso* era verdade. Alien fora forçado pela menina a assistir a um filme antigo de invasão alienígena fictícia do qual ela, por algum motivo, gostava muito. Ele ficou se perguntando durante metade da duração por que as autoridades não acreditavam no testemunho das crianças. Foi a coisa mais sem sentido que ele já viu, mas Cassandra ameaçou bater nele para proibi-lo de falar mal do filme.

~~(O que é um amigo? E o que faz um deles ser o melhor de todos?)~~

O dia passou e a noite chegou. Quando Isadora foi dormir, às nove e meia, Cassandra desceu para a cozinha e começou a fazer algo.

— O que Cassandra está fazendo?

— Café.

— Mas café não serve para manter alguém acordado? Por que Cassandra vai beber logo antes de dormir?

— Eu não vou dormir agora. É sexta e o papai vai trabalhar até de madrugada no plantão do hospital. Tô fazendo café pra ir assistir um filme de terror e esse tipo de filme sempre me dá sono.

— Filme... de terror?

— É um tipo de filme que é pra te dar medo.

— Não é uma emoção ruim? Por que os humanos fazem isso?

— Sei lá. Tem gente que gosta de tomar susto. Eles me dão sono, tem um podcast muito bom de histórias de terror que eu uso pra dormir. Mas eu gosto dos filmes, então tomo café pra conseguir ficar acordada até o final. Quer assistir comigo? Se meu pai chegar, você vira uma bolinha e pronto.

— Tudo bem. Será interessante ver do que os humanos têm medo. Qual é o nome do filme?

— *Flores do Campo*.

— ... os humanos têm medo disso?

— Não, não têm. A diretora queria pegar o povo de surpresa, achando que ia ser um filme tipo Sessão da Tarde, sei lá. Um lance parecido com Madoka Magica.

— O que é Madoka Magica?

— Ah, é. Eu esqueci que você ainda tem muito a aprender. — E dá uma espécie de tapinha na cabeça dele, que fica sem entender.

No quarto da garota, ela se aconchega em sua cama e toma um gole da xícara, perguntando em seguida:

— Quer café?

Curioso para saber como é a bebida que deixa acordado, ele toma.

É amargo e quente. Desce por sua garganta, aquecendo-a de forma gentil, mas também agressiva por conta do sabor ruim. A única coisa relativamente boa é o cheiro. Ele olha para o líquido escuro, sem entender. Como os humanos podem amar tanto *isso*?

— Por que os humanos gostam dessa coisa?

— Eu não gosto, só tomo quando preciso ficar acordada mesmo, e eu odeio energético, então... é, né. — diz, tomando mais um gole e pegando o computador.

— Por que Cassandra está usando meias sem sapatos?

— Sei lá, vai questionar tudo o que eu faço? Pega a minha meia, experimenta.

Ele pega uma das peças do pé da menina, puxando-a, e, em seguida, começa a colocá-la em seu próprio pé. Os fios entrelaçados roçam sua pele, provocando uma sensação curiosa e leve. Ele move a ponta do pé, sentindo o tecido de algodão se mover em contato com ele. Não é nada ruim.

Então o filme começa. É sobre um demônio preso dentro de uma semente, que "possui" a flor que brota dali, tornando a vida das pessoas ao redor miserável até que elas morrem. Em seguida, ele passa para a semente que surgiu dessa flor, repetindo um ciclo sem fim. Não era grande coisa em questão de roteiro.

Mas foi a coisa mais terrível que Alien já havia presenciado.

O medo nunca passou pelo Organismo porque ele é superior. Não sentia nada e podia derrotar qualquer um. Mas aquilo... aquilo...

Ele não estava com medo. Não estava. Não.

Suas mãos tremem. Um órgão é criado dentro de si apenas para ser contraído involuntariamente (*bexiga*? Aquilo é uma bexiga?). Seu coração volta a ser formado, batendo forte. Ele começa a suar (nem sabia que sua forma atual era capaz disso). Há uma espécie de peso que se forma em seu peito toda vez que o filme fica muito tranquilo, como se o demônio fosse surgir a qualquer momento e isso... isso...

O tornava *precavido*. Isso. Precavido. Ele não era humano, não era imperfeito.

~~(as cenas do chamado terror psicológico envolviam Alien em uma espécie de sensação apertada que não deveria estar ali)~~

Durante dado momento, ele percebe que aquela sensação é ruim (desconfortável?) e pensa em parar, mas está muito envolvido na história para deixar de assistir agora. Então, para tentar parar aquela coisa que fazia seu coração bater tão forte, ele faz algo que já viu Cassandra fazer: ele respira fundo.

Nesse momento, ele é capaz de ouvir seu coração batendo. A pulsação ecoa por seus ouvidos, atingindo seus tímpanos, atravessando todo o seu corpo.

É verdade. Diz uma voz em sua mente, de repente. *Você está vivo*.

Ele... não entende, à primeira vista. Ele sempre soube que estava vivo. Se não estivesse, não teria consciência ou existiria. No entanto, essa é a primeira vez que, ao se dar conta disso, ele percebe... algo mais. Mas não sabe o que é.

Falam sobre se sentir vivo.

~~(será que... é isso?)~~

ÔNIBUS. HOSPITAL.
DESOBEDIÊNCIA. DOENÇA.
COMPAIXÃO. ABRAÇO.

20 de março

— Eu quero ir com você! — Isadora bate o pé. — Eu quero ver o papai!
 — Tá bom, agonia, tá bom!! Tá feliz?!
 — Tô!
 — Este pode ir?
Cassandra parece irritada, mas suspira e diz:
 — Tá, tá bem. Mas não fala com ninguém! Não chama a atenção!
Eles pegam o ônibus, pois, diferentemente da aula de balé, o hospital fica do outro lado da cidade, longe da casa deles. Durante o caminho, Alien contempla aquele meio de transporte, que reúne todos aqueles estranhos com apenas uma coisa em comum: o objetivo de se locomover. Ele se pergunta se qualquer um deles cruzará com outro de novo algum dia, e pensa em como, sendo imperfeitos, os humanos todos têm histórias e experiências diferentes.

~~(quantas histórias esse ônibus já carregou?)~~

Ao chegarem no hospital, elas lhe dizem para esperar numa cabine do banheiro masculino (que, por sinal, era bem sujo). Disseram que não demorariam.

Durante os primeiros minutos de espera, porém, algo passa por sua cabeça:

E se você for?

Não.

Por que não?

Não é permitido.

Por elas? Elas não são do Organismo. Você não precisa obedecer.

Não importa. Este existe para obedecer ao que o coletivo quer.

Você não está mais no coletivo. Por que não faz algo contra a vontade comum pelo menos uma vez?

Este não deveria fazer isso. Este não deveria fazer isso. Este não deveria fazer isso.

Quando ele percebe, já está nos corredores do hospital, se transformando em uma mosca sempre que alguém vira uma esquina.

Desobedecer não deveria ser algo que ele pudesse cogitar. O tempo todo, ele tem em sua mente que não deveria estar ali e que deveria voltar. No entanto, vem também uma outra sensação. Uma que não é ruim. Apesar de aquela coisa ruim similar à pressão que envolve seu peito crescer, há outra crescendo também.

Se você pode fazer isso e estar aqui, talvez possa fazer outras coisas, também.

Não. Isso envolve desobedecer. Este seria defeituoso se o fizesse. Este não vai desobedecer nunca mais. Este não vai fazer as outras coisas possíveis.

(*outras coisas que Alien quer*)

Ele presta atenção ao caminho cheio de curvas para garantir que não se perderá, mas seu foco está mais voltado aos quartos pelos quais passa. Há um cheio de crianças, outro com uma moça beijando um homem na cama, outro com uma mulher com tubos no nariz dormindo, outro com uma criança gritando, outro com uma idosa chorando ao lado de pessoas mais jovens que também choram. Vários têm expressões de dor no rosto. Alguns têm médicos e enfermeiros, pessoas com jaleco branco ou uniforme do hospital.

Médicos e enfermeiros curavam pessoas doentes ou feridas. Hospitais eram centros para curar pessoas doentes ou feridas. Alien conseguia se lembrar disso. A questão era: *por quê?*

Quando o Organismo destruía um mundo, os mais defeituosos eram os primeiros a morrer. Ou eram deixados para trás ou então eram pegos primeiro de alguma outra forma. De qualquer maneira, as espécies sabiam que era inútil mantê-los por perto e era melhor salvar a si mesmas, ainda que aquilo acabasse não tendo sentido no final.

Uma vez, muito antes de o fragmento que constituía Alien ser gerado, uma parte do Organismo que havia se separado foi ferida. Ao voltar, o Organismo o matou. Se ele se juntasse novamente, poderia trazer imperfeição com ele.

Então por que, agora, ao pensar em todas as pessoas que viu sendo mortas ou abandonadas, ele sente algo pesar? Por que sente esse peso no peito? No coração?

Ele volta para casa na forma de mosca e, lá, manda mensagem para as meninas avisando que está no sótão. Ele já esperava que Cassandra fosse chegar furiosa.

— O que você tem na cabeça?! Por que saiu de lá sem a gente?! Podiam ter pegado você!!

— Este tem uma pergunta antes da punição.

— Quê?! Punição?!

— Por que os humanos cuidam dos doentes?

Talvez Cassandra esteja com raiva, pois, quando ela o olha, parece que vê algum tipo de monstro.

— *Compaixão*. Nós amamos essas pessoas e queremos que elas fiquem bem. Não suportamos o sofrimento delas porque ninguém devia passar por isso, então, *senhor Não Tenho Emoções*, desculpa se nos importarmos uns com os outros nos torna *imperfeitos*...

— Por que você falou de punição? — pergunta Isadora, interrompendo sua irmã.

— Este desobedeceu e fez uma pergunta inadequada a Cassandra sem intenção. Se isso ocorresse no Organismo, este teria sido empurrado para os fundos do coletivo ou completamente exterminado.

As duas param. Cassandra murmura:

— Que merda é essa?

— Apesar de saber que não será perdoado, este pede desculpa.

Então, sem aviso, Cassandra vai embora e Isadora se aproxima, o envolvendo em seus braços. *Um abraço?*

— Acho... que não é culpa sua. — ela murmura — Tipo... não tinha como você saber nada disso se nunca mostraram pra você, né? Mesmo se você não entender, se souber que é o certo, então tá tudo bem. E a gente não vai te punir ou coisa assim. Esse é você, e a gente gosta muito de você. Aqui, você vai estar sempre são e salvo. E, se você quiser, a gente te mostra como é se sentir humano.

Ele sabe que não deveria estar com essa sensação dentro de si. O Organismo o isolaria para sempre. O próprio Alien sente que não merece sequer estar vivo. Isso é contra tudo o que sua raça prega e tudo o que ele tinha sido até ir parar naquele planeta. Ele deveria ser punido pelo Organismo. Ele é defeituoso. Porém, enquanto ele encara o ar à sua frente, os braços daquela criança ao seu redor, ele reconhece que quer coisas. Ele se tornou irremediavelmente terráqueo. *Imperfeito*. Ele nunca mais poderá voltar ao Organismo. Então, se acabará passando o resto da vida na Terra, ele decide admitir para si mesmo o que quer.

Ele não quer ser humano. Nem permanecer terráqueo. Ele abomina ambas as opções. Mas a sensação de querer o percorre quando ele pensa em uma pergunta:

Como será que seria sentir o que essa menina sente agora?

VOVÓ. LÁMEN. DESENHO. PINTURA. MARINA. PIADA RUIM. RISADA ALTA. RINDO ATÉ CHORAR.

2 de abril

As últimas duas semanas foram... curiosas. Alien mal saiu do sótão por estar muito focado na sua pesquisa sobre o crescimento das plantas terráqueas. De repente, ele decide dar voz a uma memória antiga.

— Sua avó. Podemos visitá-la?

— Hum? Você lembra que ela existe?

— Este se lembra que, ao chegar na Terra, Cassandra mencionou uma visita à avó das duas. Este pesquisou o significado e descobriu que aquele com esse título é a mãe de um dos pais da pessoa e que costuma manter-se uma relação com ela. Este gostaria de tentar ter relações humanas que vão além de Cassandra e Isadora, incluindo se encontrar com o humano Cássio.

— Você conhece o Cássio?!

— Sim, este o conheceu no dia dos balões d'água.

— E lembra dele até hoje? Olha só, você gostou dele!

— Não, este apenas se interessou por sua existência, não tem nada a ver com gostar.

— Essa é... literalmente... quer saber, não ligo, eu te levo lá na vovó pra poder almoçar e depois a gente encontra com o Cássio.

— Mas como este será apresentado a ambos? A verdade não pode ser dita.

— Pra minha avó, você pode ser só meu amigo, e pro Cássio, você vai ser meu... primo! Isso! Primo!

— Primo não é o filho de um dos irmãos de um dos pais?

— Isso aí!

— Este pode se adaptar a este cenário. Provavelmente.

— Ah, e mais uma coisa: *respeita a minha avó*. Se você a magoar, eu te mato.

Ao chegarem até a casa, Cassandra bateu à porta e falou, alto:

— Vovó?

— Pode entrar. — a resposta é reproduzida por uma voz tão frágil quanto um galho seco que ele encontrou na rua, podendo quebrar-se a qualquer momento.

Ao entrarem, encontram uma mulher sentada. Parecia que estava desenhando antes de sua chegada. Os olhos de Alien se abrem de leve para poder analisar melhor a sua forma. Ele nunca havia visto um idoso humano pessoalmente antes e, como sua espécie não passava pela velhice, o fenômeno o intrigava.

Ela tinha pele cor de cobre similar à das netas e olhos negros, embora estes fossem levemente mais estreitos que a média. Seu rosto era um emaranhado de dobras em sua pele, como um papel amassado, e seus cabelos tinham a maioria dos fios brancos, com apenas alguns pretos. Algumas das marcas em sua face eram similares às que apareciam no rosto humano quando se contorcia em diferentes expressões, como nos sorrisos. Será que era esse o motivo das rugas?

— Vovó! — exclama Isadora, correndo e abraçando a idosa.

— Ah, Isa! Que saudade! Por que não veio me ver antes? — pergunta a idosa.

— Oi, vovó, a benção. — diz Cassandra, se inclinando e beijando seu rosto.

— Abençoada seja, minha filha. E seu amigo ali, quem é?

— Ah, ele é o...

— Alberto!! — exclama meio alto Isadora, que parecia ter pensado naquele nome do nada.

— É, Alberto! Ele é nosso amigo e a gente acabou decidindo trazer ele pra conhecer a senhora, já que ele é novo na cidade! Ele é... estrangeiro, então fala meio esquisito, mas é legal!

— Oi, menino! Me chama de Luzia. Como é que você tá? — pergunta a mais velha, fazendo um visível esforço para se levantar.

— Bem, e a senhora?

— Tô ótima, melhor que nunca! Eu fiz lámen, vocês querem um pouco?

— O que é lámen? — pergunta Alien, confuso.

— É uma comida, um tipo de macarrão com um molho de carne. É muito comum lá no Japão.

— Mas... aqui não é o Japão...?

— Ah, é, a gente esqueceu de falar. Curiosidade: somos japoneses! — exclama Isadora.

— São?

— Bom, um oitavo japoneses, na verdade. A nossa bisavó veio pra cá quando começou a imigração japonesa no Brasil e casou com nosso bisavô, que era indígena, daí a vovó nasceu.

— Alberto, meu bem, vai querer um pouco? — pergunta Luzia, trazendo a panela com lámen da cozinha.

— Ah, vovó, deixa que eu te ajudo! — exclama Cassandra, se levantando de repente e carregando a panela até a mesa.

Ao aceitar o lámen, ele imediatamente o adora: é quente e... salgado, não é? É, salgado! E é úmido, longo e mole e, apesar da falta de sucesso que foi tentar comer com hashis (Luzia acabou tendo pena dele em determinado momento e lhe deu um garfo), desejou que pudesse comer mais (ele ia pedir, mas Cassandra pisou no seu pé, como ela sempre fazia quando algo que ele faria era falta de educação e ele nunca entendia o porquê).

No geral, foi uma experiência boa, pois conversaram enquanto comiam e a senhora era tão delicada quanto firme em suas palavras, uma forma de ser e agir que Alien não conseguia compreender devido à sua natureza paradoxal, mas... mas... como é que chama quando se pensa bem de alguém? *Admirava!* Sim, admirava. A única coisa fora do controle foi que Luzia ficou olhando para ele de uma forma meio esquisita a conversa inteira e, no final, lhe deu um papel enrolado de presente.

Era um desenho, a ação estranha de formar imagens que os humanos performavam com as mãos para a qual ele com certeza nunca teria coordenação motora. Retratava algo similar a uma criança com um balão em formato do símbolo de coração nas mãos. Curiosamente, a única parte colorida da imagem era o balão, que era vermelho. Alien não entendeu se havia algum tipo de mensagem intrínseca ali.

Quando os três saíram de lá, acabaram encontrando Cássio na rua. Ele estava acompanhado de uma garota gorda, alta, de pele morena, cabelo castanho cacheado, olhos castanhos e músculos fortes.

— Hum? Cássio! — exclama Cassandra, contente.

— Sandra! — dizem os outros dois ao mesmo tempo, dando abraços mais superficiais nela. Alien aprendeu através da observação que Cassandra não gostava muito de abraços.

— Ei, é você! Voltou pra cidade? — pergunta Cássio, sorrindo. Seus olhos eram tão verdes que, ao refletir o sol, pareciam ser da cor da grama.

— Olha, é o garoto que você me falou? — pergunta a desconhecida.

— O... o quê?! E-eu não sei do que você tá falando! — ele exclama, cutucando-a.

— Hum, Alien, essa é a Marina. Marina e Cássio, esse é meu primo, Alberto, mas pode só chamar de Alien, mesmo. — explica Cassandra.

— E aí, Alien! Quer ouvir uma piada? — pergunta Marina, ao que os outros dois adolescentes gemem, enquanto Isadora dá pulinhos, exclamando:

— Eu quero!! Eu quero!!

— ... piada? — Piadas são frases ou histórias curtas contadas entre humanos por serem *engraçadas*, um conceito que ele ainda não entende, mas que faz os humanos emitirem aquele som estranho, qual o nome... ah, sim! *Riso*. Isadora já contou algumas piadas para ele, mas não adiantou de nada.

Mas... por que não tentar? Ele estava querendo descobrir mais coisas sobre como é ser terráqueo mesmo.

— Como se chama alguém que nasceu no Brasil, foi criado na Rússia, trabalhou na Áustria e morreu na China?

Ele franze a testa, em dúvida. Isso seria chamado de viajante, não é? Ou existe outra palavra para isso? Seria alguma mistura das palavras? Antes que possa dizer que não sabe, ele ouve a resposta.

— *Defunto!*

Há um gemido coletivo ao seu redor enquanto todos parecem decepcionados. Ele não presta atenção no que estão falando, porque seu cérebro ainda está tentando entender. Defunto? Mas... mas...

O que importa não são os estados-nação, mas sim o fato de que o indivíduo morreu.

Ele solta um pequeno engasgo por não esperar por aquilo, e então começa.

Ele inspira involuntariamente mais ar do que deveria, esquentando seu peito ao fazê-lo. Sem que perceba, os cantos de sua boca se curvam para cima. Seu peito, pescoço e mandíbula tremem ao mesmo tempo, o ar começa a lhe escapar de maneira irregular e ele solta um barulho curioso ao expirar, parecido com uma porta enferrujada balançando.

Ele está *rindo*. E não só isso, rindo *alto*. Suas bochechas se contraem tanto com o riso que forçam algumas das chamadas lágrimas a quase saltar para fora de seus olhos em reflexo.

O que é o *engraçado*? Ele *não sabe*. Diferentemente de tudo o que ele passou pela primeira vez desde que chegou na Terra, ele não consegue *definir* como qualquer coisa pode ser engraçada ou o que a tornaria assim. Ele não entende o que é a dita graça nem vai saber, muito provavelmente. Só sabe que o faz se sentir... se sentir...

Bem.

Isso é se sentir *bem*. E talvez o *não saber* seja a parte engraçada.

As duas garotas que sabem de sua verdadeira identidade olham para ele, em choque. É a primeira vez que o veem sorrir *e* rir. Isso torna seu rosto tão lindamente *feliz* que, por um segundo, apenas um, elas conseguem esquecer a verdadeira natureza de Alien e pensar que ele é apenas um humano normal e, mais do que isso, alguém que as considera tanto quanto elas o consideram seu *amigo*.

PULA-PULA. HAMBÚRGUER. ARTE. LEO. MÚSICA. DESENHO FEIO. PINTAR COM O DEDO.

17 de abril

— Ei! Ei! — exclama Isadora, do outro lado do muro.

— A Isa tá aqui, só pra você saber. — diz Cássio, debruçado sobre a mureta enquanto conversavam.

— Este percebeu. Com licença. — e Alien se afasta ao longo da mureta para conversar com Isadora. — O que foi? Este estava tendo uma conversa que poderia ser considerada "agradável" com Cássio.

— Eu preciso de ajuda! Você sabe que essa festa de aniversário é da Gabi e que a gente tá na casa dela, né?

— Sim, e daí?

— Daí que a gente vai roubar uns docinhos lá dentro da casa dela e eu preciso que você fique no meu lugar pra que a minha irmã não desconfie!

— Por que Cassandra desconfiaria?

— É que... eu já fiz isso em umas cinco festas. — ela murmura, esfregando os pés no chão com um pouco de vergonha. — Quebra esse galho pra mim, vai?

— Tudo bem. Mas este vai comer um hambúrguer depois, quer experimentar. De quanto tempo Isadora precisa?

— Só cinco minutos! Você pode brincar no pula-pula! Valeu mesmo!

Ele pula o muro e assume a forma da garotinha, correndo até o pula-pula instalado no quintal e entrando ali. A firme rede sob seus pés pequenos treme, fazendo-o cambalear. Sente uma leve semelhança com quando pulou em uma poça d'água e estava com a aparência de Cassandra. Então ele dobra os joelhos, usa um pouco de impulso e, de repente, está no ar.

Tudo ao seu redor parece parar. Ele tem a sensação de ser capaz de enxergar o mundo inteiro daquele ponto no alto, estando na forma de uma menininha. Seu cabelo voa ao seu redor e sua pele é atingida pela brisa suave, que lhe traz um leve alívio de algo que ele não sabe bem o que é. De repente, quando menos percebe, seus pés tocam a lona do pula-pula de novo e, sem fazer nenhum esforço dessa vez, ele é novamente jogado para cima, de novo e de novo. Parece que está alçando voo, e isso é... é... é...

Incrível.

Ao descer do pula-pula, porém, ele dá de cara com uma Cassandra irritada, que diz:

— Para de fingir, eu já sei tudo da farsa de vocês.

Ela o pega pelo pulso e, nesse momento, Alien sabe exatamente como se sente Isadora ao ser pega nas transgressões que realiza de vez em quando.

Cassandra reúne os dois em uma parte do quintal em que ninguém pode vê-los e os repreende:

— Bonito, hein?! Bem em tempo de alguém descobrir sobre o alienígena que a gente tá escondendo! Já não basta você ter convencido a Gabriela a fazer parte da sua arte?! Quer corromper o Alien também?!

— Desculpa... — murmura Isadora.

— Com licença, mas foi prometido a este um hambúrguer. — interrompe Alien. Cassandra quase o fulmina com o olhar, mas então apenas bufa.

— Tá, eu vou pegar um pra você. Mas não ajuda mais a Isa com esses planos dela, entendeu?! — E saiu de lá batendo o pé.

— Foi mal, eu quase consegui, da próxima a gente não vai ser pego! — promete Isadora.

Ao final, Alien recebe o hambúrguer. É salgado, macio, suculento e o queijo derretido pelo calor proveniente da carne dissolve em sua boca, trazendo uma sensação benigna às suas papilas gustativas. Enquanto come, porém, ele é incomodado por uma dúvida, uma que já tem faz algum tempo:

O que é arte?

No dia seguinte ele faz a pergunta para Cassandra, que, sem saber o que dizer, fala:

— Hã... pesquisa no dicionário.

Ele o faz, e não recebe uma ajuda muito boa.

Arte sf 1. *Capacidade de expressar uma ideia, empregando algum material que possa ser trabalhado.*

O que caramba isso significa? É isso o que ele pensa, com direito a uma expressão que lhe foi ensinada por Isadora. Se for assim, qualquer frase pode ser uma ideia.

De repente, sua linha de pensamento é interrompida quando do seu velho celular recebe uma mensagem. É de Cassandra.

Vc perguntou o q é arte
Tem um amigo aq embaixo
Ele pode ajudar
Vem p cá

Alien desce as escadas, curioso para ver quem é o amigo: Marina, Cássio ou alguma outra pessoa desconhecida. Ao chegar na sala, se depara com um garoto sentado no sofá. Ele é magro, baixo, tem pele bronzeada, traços japoneses, rosto delicado, olhos negros e usa roupas largas, além de um boné azul virado para trás, sob o qual é possível ver um pouco dos cabelos pretos raspados. Ao seu lado, apoiados no sofá, repousam dois objetos longos e finos que parecem ser de metal com uma espécie de encaixe circular no topo logo acima de pequenas protuberâncias similares a borracha.

— Alien, esse é o Leo! Leo, esse é o Alien! — exclama Isadora, parecendo contente em apresentar duas pessoas de quem gosta muito.

— E aí? — diz Leo, dando um leve aceno com a mão.

— Olá.

— Então, o Alien tá morando aqui com a gente, mas não conta pro nosso pai, beleza?

— De boa, eu não conto.

— Ótimo! Valeu! Enfim, o Alien fez uma pergunta mais cedo pra minha irmã que bugou a cabeça dela e a gente queria saber se você podia ajudar, já que ele tem uma dificuldade em entender coisas abstratas.

— Eu não fiquei com a cabeça bugada! — resmunga Cassandra, cruzando os braços.

— Claro que ficou! O Alien quer saber o que é arte!

— Ah, é isso? Bom... eu não sei como *exatamente* eu poderia te mostrar o que é arte, mas acho que dá pra dar uns exemplos.

Antes de se levantar, Leo pegou os dois objetos de metal, os colocou ao lado do corpo e se apoiou neles para ficar de pé. Ao andar, ele continuou a se apoiar nos dois objetos.

— O que é isso? — sussurra Alien para Cassandra.

— Muletas. Ele precisa delas pra andar.

Ele se lembra que, no hospital, viu algumas pessoas usando aquilo para andar com os pés ou pernas engessados ou enfaixados. No entanto, esse não era o caso para Leo. Ele precisava delas o tempo inteiro? Seus pés eram machucados naturalmente?

Ele é inútil, então. Não passa de um fardo para sua espécie. Deveriam matá-lo.

Não, ele lembra a si mesmo. Não... não deveriam. Porque os humanos têm essa coisa... que este não consegue descrever. Mas eles não matam os membros com dificuldades de sua espécie. Eles os ajudam. Este deve entender o porquê.

Eles saem e andam pela cidade. Antes que façam isso, porém, Isadora e Cassandra os deixam por precisarem ir para a aula. Alien pergunta por que Leo também não vai para a escola em um dia de semana, e ele simplesmente explica que está *matando aula*. Alien não entende a expressão e decide perguntar para Cassandra mais tarde o que aquilo significa.

— Você vai ter que voltar pra casa que horas?

— O ideal seria voltar até o fim do período letivo de Isadora e Cassandra.

— Beleza. O cinema e o teatro abrem às onze, então não vai dar, mas o resto tá de boa. Outro dia eu posso passar lá pra te mostrar as fotos da Mari, então não tem problema. Diz aí, de que tipo de música cê gosta?

— Hã... — Ele não sabe como responder. Passa-se um minuto até que sua ignorância fique clara, Leo suspire e diga, balançando a cabeça:

— Cara, você tem *tanta coisa* pra aprender...

Até aquele ponto, Alien não sabia exatamente o que significava *música*. Sabia que era uma forma de som humana e já havia escutado antes algumas vezes, mas nunca chamara sua atenção. Ele sequer sabia que existia mais de um tipo de música. Então, quando Leo pegou sua *playlist* no aleatório e colocou seus fones de ouvido nele, lhe dizendo para fechar os olhos, houve algo.

Ele fechou os olhos e, durante um segundo, houve um silêncio de escuridão. Então alguma coisa começou a tocar. Era uma batida muito baixa, mas que começava a crescer. De repente, outros sons entraram, mais baixos, mas também crescendo. Eram sons que ele nunca escutara na vida, limpos e retos, parecendo uma espécie de corda suave.

(essas associações não faziam sentido, só fariam para um humano com gosto por música)

Então veio a voz. Ela era aguda e, ao mesmo tempo, poderosa. Como a voz humana poderia se dobrar assim? Ele não sabia. Só sabia que... que...

Ele gostava.

Ao final da música, ele disse a Leo que havia gostado. Este ficou feliz com aquilo, e o levou até um telhado de um edifício encostado logo ao lado de um prédio maior. Ofereceu-lhe uma espécie de lata de spray, colocou uma música alta no celular e começou a jogar o tal spray direto da lata na parede do prédio ao lado.

Ele o ajudou a mover a sua própria lata de forma mais fluida e concentrada, sem deixar a tinta espalhar, e a fazer um... aquilo poderia ser chamado de *desenho*? Talvez sim. Era uma imagem, afinal de contas. Uma imagem estranha que deveria representar as flores de dente-de-leão que ele cultivava com tanto cuidado.

Ao final da manhã, eles foram para a casa de Leo, e lá ele lhe deu tinta (uma espécie de líquido pegajoso que se usa para colorir) e uma tela (uma estrutura de madeira retangular sobre a qual é esticado um tecido) para que ele pintasse com os dedos.

— Normalmente, usam-se pincéis. Por que não agora?

— Eu não tenho. Acho mais legal assim.

Há um momento de silêncio até que Alien murmura:

— Este não entende. A arte é inútil e não contribui em nada para a evolução da sociedade. Então por que as pessoas a realizam?

— As pessoas têm motivos diferentes. Eu pessoalmente acho que é uma forma de dar sentido.

— Como é que ela pode dar sentido se não tem um propósito?

— Não precisa ter um propósito pra ter sentido.

Essa frase atinge Alien como um trem. Como assim? O que isso quer dizer? Não eram sinônimos? Propósito significa a finalidade ou o intuito da existência de algo, não é? Tudo deveria ter um propósito, não? Ele tem um ~~ele tinha~~. Mesmo no ciclo da natureza interplanetária, ele viu que tudo tem um propósito, um papel ao qual pertence e do qual não deve se desviar. Se algo não precisa de propósito, então como é que existe? E como o sentido existiria sem um propósito?

Leo aparentemente não nota a crise existencial que provocou em Alien, pois continua a falar:

— Eu também acho que é um jeito de se expressar. Quando a gente faz arte, encontra um jeito de pôr pra fora o que tá sentindo. Mesmo que seja uma coisa ruim, ainda precisa pôr pra fora, então melhor fazer isso na arte, né? — Ele para e dá uma olhada na pintura de Alien. — Ah, olha só! Ficou legal o seu!

Ele havia pintado tudo de cinza, porém havia um pequeno círculo no meio da tela, metade rosa, metade azul escuro, traçado em volta de um pequeno ponto cinzento. Ao redor deles estavam alguns outros pontos com as cores verde-grama, amarelo, laranja e azul claro.

— Este não sabe o que é isso, nem sabe por que o pintou.

— Tudo bem, nem sempre precisa saber. Às vezes é uma coisa que tá no seu inconsciente. Ou é só um trem aleatório, mesmo. Costuma variar muito.

— Este... poderia levar a tela consigo?

— Óbvio! Leva!

Alien passou o restante do dia no sótão, encarando a tela, pensando no que Leo havia dito e tentando decifrar o que suas mãos haviam feito ali.

A DIVINA DONZELA DA DEVASTAÇÃO. PISAR EM FOLHAS SECAS. CARINHO EM UM GATO. GOSTAR. BOLHAS DE SABÃO. FOTOS. PÔR DO SOL. ABRAÇO EM GRUPO.

1º de maio

Era um feriado conhecido como Dia do Trabalho, então as garotas aproveitaram para sair com seu pai. Alien ficou em casa, no sótão, pesquisando mais sobre a cultura humana na internet. Foi então que ele a avistou.

Teaser da história Genshin Impact — A divina donzela da devastação

Foi no YouTube. Parecia ser de um dos tais "videogames" pela capa do vídeo. Então, intrigado pelo título, ele colocou os fones que Leo lhe dera de presente e clicou no vídeo.

Como sequer descrever o que aconteceu?

O som de algo caindo no chão foi seguido por uma voz extremamente aguda falando em chinês com um tom melódico. Uma nota de um instrumento de cordas soou, enquanto a voz continuava a falar — não, isso era *cantar* — em um tom tão agudo que era estranho aos seus ouvidos. Porém, apesar de ele estar acostumado às músicas ocidentais (Cassandra as adorava), a cantoria não era de modo algum ruim. Ele decidiu continuar, e o que se seguiu...

A música começou a crescer com a chegada de outros instrumentos, como algo similar a um violino e tambores. Ele reparou que a música contava uma história, a história de uma criança que se salvou da morte. Então os sons se misturaram, se tornando algo a mais, e depois diminuíram. Ele não percebe, mas seu peito desce de desânimo com o fim da música que se aproxima.

De repente, porém, a música volta e a história continua, dessa vez alta e clara, deslizando como fitas dentro de seus ouvidos, envolvendo sua audição por completo. Ele sente como se o que era contado na música estivesse se desenrolando bem diante dos seus olhos e fica em choque, pois aquilo é... é...

Épico.

Quando o vídeo acaba, ele está tão fascinado e maravilhado que mal consegue pensar. Rapidamente, ele aperta o botão de *replay* e experiencia novamente aquela sensação fenomenal que domina seu ser.

Música preferida. Disseram-lhe que isso existe e é diferente para cada pessoa.

Essa! Essa é sua música preferida!

Mais tarde, ele decide sair para encontrar Cássio. Sabia que ele estaria na casa de Leo, provavelmente também junto de Marina. No caminho, ele passa na frente da casa de Luzia, a avó das meninas, e ela acena para ele. Já familiarizado com o gesto de cumprimento humano, ele acena de volta.

Ao passar por uma rua, se depara com um passeio repleto de folhas secas caídas de uma grande árvore cujas raízes grossas atravessam o asfalto. Ele se lembra de ter visto Isadora e Gabriela fazerem algo em uma situação parecida, então decide experimentar.

Uma sensação indescritível percorre seu corpo quando ele pisa e chuta folhas secas enquanto passa, sentindo-as craquelar sob seus pés e escutando o barulho de *crec-crec*. Pela primeira vez em algumas semanas, ele se pega perguntando o que constitui *bom*. É o prazer? Ou é algo mais?

Ele finalmente chega até a casa de Leo e pula o muro. Na parte de trás da casa, encontra quatro cadeiras nas quais estão sentados Cássio, Marina, Leo e, surpreendentemente, Gabriela. Esta tinha um gato no colo.

— Que gato é esse? — ele pergunta em libras, sempre lentamente.

— O nome dele é Bolo! É meu gato! — a menina responde com os dedos pequenos se movendo rapidamente e um sorriso se formando no rosto.

— Quer fazer carinho nele? — pergunta Marina, usando tanto libras quanto português.

— Este pode?

— Claro! — afirma Gabriela.

Incerto, ele estende a mão, sem saber bem como acariciar o animal ou como ele reagiria. Então, incomodada com a lentidão de Alien, Gabriela faz uma cara de "ah, pelo amor de deus!" e puxa a mão dele, colocando-a contra o pelo do animal.

O gato se move de leve e Alien começa a mover as articulações dos dedos sobre ele. Bolo continua a se mexer confortavelmente e emite um ruído baixinho, junto de uma leve vibração. Ele se lembra que aquilo é chamado de ronronar e que gatos o fazem quando estão felizes. Ele sente o ronronar passar por todo o seu corpo e é como se houvesse um tipo de calor vindo diretamente do animal.

Durante o dia, eles conversam. Alien fica calado a maior parte do tempo e, geralmente, quando fala, faz perguntas, mas ele não se sente de forma alguma desconfortável com aquilo. Na verdade, ele novamente sente aquele calor macio e felpudo dentro de si, e se pega mais de uma vez com os cantos da boca erguidos. Talvez isso seja *gostar*.

Em dado ponto, Gabriela, que estava brincando bem ao lado deles, começa a soprar bolhas de sabão. Alien já havia visto aquilo na internet, mas nunca presencialmente. Um pouco sem jeito, ele pede para experimentar. Todos o olham de um jeito meio estranho, como se perguntando: "você nunca soprou bolhas de sabão na vida?", mas não dizem nada.

Quando ele sopra o pequeno aro, algumas delicadas bolhas saem por ele, como que arrancadas da superfície fina e translúcida de sabão. Ao flutuarem, seu exterior brilhante e transparente reflete a luz do sol, mostrando cores como as do arco-íris. Por um instante, ele pondera sobre a fragilidade e a efemeridade de algo tão belo, até que as bolhas estouram por conta própria. Ele sopra mais uma vez, tentado a repetir o fenômeno, quando ouve um suave *clique*.

Ele olhou na direção de Marina, que segurava uma câmera e a apontava para ele. Ela deve ter tirado uma foto. Alien perguntou, inclinando levemente a cabeça:

— Por quê?

— Gosto de tirar fotos. Registra o momento e faz a gente lembrar dele depois.

— ... hum.

Ao longo do dia, Marina tirou mais fotos, uma delas quando ela contou uma piada e ele riu. No final, ela arrastou a cadeira até o muro, subiu nela, se debruçou e tirou outra fotografia. Alien olhou para o céu e viu que já estava escurecendo. Só então reparou que a tarde havia passado. Então, curioso para saber o que ela fotografara, ele arrastou a própria cadeira até o muro e subiu nela.

Alien olhou para o pôr do sol. Ele já o havia visto antes, porém nunca parado realmente para analisá-lo. O gradiente de cores no céu ia de azul-escuro a um amarelo vibrante ao redor da esfera de luz tão forte que machucava seus olhos. Nuvens ralas a cortavam pela metade. Aquilo era *belo*.

Depois disso, ele reparou que precisava voltar para casa, então se despediu deles. Foi quando o puxaram para um abraço em grupo.

Foi estranho e meio desconfortável. Era meio esquisito ter tantas pessoas tocando-o ao mesmo tempo, mas ele sabia que tinham boas intenções, seja lá quais fossem.

Ao chegar no sótão em forma de pássaro, ele encontrou uma Cassandra fula da vida, que parecia prestes a bater nele. Então já disse de uma vez:

— O dia deste foi bom.

De alguma forma que ele não entendia, isso a desarmou e ela acabou não lhe dando uma bronca. Bom, melhor para ele.

PÃO QUENTE. AFUNDAR OS DEDOS NA TERRA. ESCUTAR O VENTO. FAMÍLIA.

21 de maio

— Este agradece a Cassandra por comprar um pão quente para este.

— Ah, de nada. Papai tá dormindo mesmo, então achei que seria bom te dar um.

Ele crava os dentes no pão macio e o sente craquelar de leve sob seu toque. Ao começar a mastigar, o miolo quente derrete em sua boca e ele sorri (isso vinha acontecendo, em média, uma vez ao dia) com o sabor suave e levemente salgado que se espalha dentro de si e desce pela sua garganta.

Ao terminar de comer o pão, ele limpa as mãos dos farelos na perna (hábito que adquiriu com Marina) e se vira para a janela, olhando para suas plantas e avaliando-as, como fazia todo dia. Agora, a coleção cresceu com mais jarros e potes nos quais ele plantou diversos tipos de flores, não apenas os dentes-de-leão. Na verdade, ele descobriu que ficava fascinado por todos os tipos de flores, e aprendeu o nome popular e o científico de todas as espécies mais conhecidas, além de sua aparência.

Com delicadeza, coloca os dedos na terra macia e fofa e percebe que ainda está úmida. Ele sente a frieza sob seus dedos e... *gosta* daquilo (percebe que gosta de muitas coisas). Ainda não sabe se gosta de outras pessoas). Ele se volta para o caderno ao seu lado e começa a escrever, tudo em caixa alta e com garranchos, como as plantas estão hoje, como sempre faz. Enquanto isso, ele escuta a suave melodia do vento passando por uma fresta da janela. É muito agudo, mas ele não se incomoda em fechá-la.

— Este quer perguntar algo a Cassandra.

— O quê?

— Por que a família de Cassandra não é como as outras?

A garota para. Ela murmura, sem olhar para ele:

— O que você quer dizer com isso?

— Este descobriu que a família nuclear humana geralmente se constitui de um pai, uma mãe e seus filhos, porém há algumas exceções. Qual é o caso da família de Cassandra?

Ela engole em seco e murmura:

— A Marina é prima da Gabi e elas moram com a mãe da Marina, os pais do Leo são divorciados...

— Este não perguntou sobre eles, este perguntou sobre você.

Ela respira fundo e começa:

— A mamãe... teve umas complicações no parto. No meu. Ela ficou bem doente e eu também tava muito doente. Papai gastou quase todo o dinheiro com os tratamentos pra gente. Desde que eu lembro, eles brigavam o tempo todo por causa de dinheiro, e eu não falei até os seis anos, então... daí, quando eu tinha uns sete ou oito anos, a Isa nasceu. A mamãe começou a brigar pra caramba sobre dinheiro, dizendo que não podia sustentar duas crianças, coisa e tal... e acho que ela encheu o saco da gente. Um dia, ela foi embora. Não sei onde tá agora. Já faz mais de sete anos isso. Por isso que o papai trabalha tanto como enfermeiro lá no hospital e fica pouco em casa, daí eu cuido da Isa.

— É possível... que Cassandra desde a infância tenha imaginado que precisava cumprir o papel de sua mãe para com Isadora e por isso assuma tantas responsabilidades hoje em dia?

Cassandra fica em silêncio. De repente, ela se levanta e vai em direção à porta.

— Este se desculpa caso a tenha ofendido.

Ela para. Cassandra murmura:

— Tem mais alguma coisa que você quer saber?

— Uma. O que é família?

Leva um tempo até que ela responda:

— Família é quem você ama e te ama de volta, e os dois lados vão estar lá um pelo outro quando precisarem. Não precisa ser de sangue... eu queria saber como é a sua.

Então ela sai, deixando Alien sozinho com seus pensamentos e se perguntando:

Será que este já teve família?

DEITAR-SE NA GRAMA E VER AS NUVENS. SURPRESA. SENTAR-SE NO TELHADO. SAUDADE. CHÁ. O CONTO DA PRINCESA KAGUYA.

10 de junho

— Por que estamos deitados na grama encarando o céu?

— Porque eu quero ver o que você enxerga nas nuvens, ué!

Alien e Isadora estão na parte de trás da casa, estirados no chão. Apesar de a grama pinicar um pouco seu corpo, ele se sente levemente confortável com aquela situação. Ele encara as nuvens e é capaz de ver apenas formas estranhas e ralos fios brancos disformes. Ele não entende o sentido de estarem fazendo aquilo.

— Ah, olha! Um cachorro!! — Ela aponta para cima. Alien franze a testa. Aquilo não é um cachorro, é só uma nuvem. Não tinha nada de semelhante com um cachorro, exceto pelas...

— É o quê?! — ele exclama, em choque, dando um susto em Isadora.

De repente, seu cérebro parcialmente humano associou a imagem da nuvem à de um cachorro, sendo capaz de enxergá-lo nela. Ele mal consegue acreditar no que está vendo: diante de seus olhos, jaz uma ilusão de ótica perfeita. Como isso era possível?

— Ah, você enxergou! Legal! Vou achar mais coisas pra você ver, espera aí só um segundo!

Eles ficaram ali durante um período de aproximadamente quinze minutos. Isadora apontava as formas e Alien ficava chocado ao enxergá-las em nuvens disformes. Ao final, porém, aos olhos de Isa, ele parecia desanimado.

— Que foi? — ela pergunta.

— Este não conseguiu encontrar nenhuma forma, ao contrário de Isadora...

— ... acho que a gente devia exercitar sua imaginação! Você pode ler as revistinhas e os livros que tem lá no sótão!

— Realmente?

— Sim! Você é meu amigo!

— ... este agradece.

Mais tarde, ela e sua irmã vão, com o pai, dormir na casa da avó para ficarem mais tempo perto dela, e Alien fica em casa. Em dado ponto da noite, ele diminui a sua forma para ficar do tamanho de um clipe de papel e, assim, não correr o risco de ser notado por ninguém lá fora enquanto sobe até o telhado.

O vento sopra e a noite está nublada, então ele não é capaz de ver as estrelas. Às vezes, ele sobe ali para observá-las e pensar no Organismo. Ele sabe que eles estão certos. Sempre soube. No entanto, ele vinha gostando da vida que levava na Terra. Talvez porque pudesse errar. Talvez porque alguém o escutasse além de um pequeno eco. Mas com certeza não era por estar começando a sentir. Ele só era defeituoso. Só isso.

As emoções humanas ainda são muito, muito estranhas. Gostar não era uma emoção, era apenas uma sensação. Ele não consegue entender as descrições dos sentimentos que lhe dão nem como os humanos são capazes de sentir essas coisas. Uma das poucas exceções para isso é a saudade. Ele entendeu que isso era um sentimento de querer voltar a ver alguém que não estava por perto. O curioso é que, apesar de ser defeituoso, ele nunca sentiu isso em relação ao Organismo. Viu a sua separação como um simples fato. Só isso.

Ele imagina as duas irmãs, agora, na casa da avó. Ele pensa no que poderiam estar fazendo. Àquela hora da noite, era provável que ambas estivessem dormindo. Ele pensa em quantas horas levará até que chegue amanhã de manhã e ele possa encontrá-las de novo. Alien também pensa no que Isadora disse sobre ler as revistinhas. Só seria benéfico se ele lesse com as irmãs ao redor. Não tinha nada que ele gostasse *tanto* assim de fazer, na verdade, quando ficava totalmente sozinho...

Ah, não. Ah, não. Ah, não.

Ele estava começando a ter *emoções*.

Isso é saudade.

Ele não sabe o que fazer. Ele é tão ruim quanto os humanos agora. O que fazer? O que fazer? O que fazer?

(Se está com saudade, deveria ir vê-las)

Antes que ele perceba, se transformou em um morcego e agora está batendo as asas até a casa de Luzia para ver as duas.

Ele se esgueira pela janela e se transforma na sua forma humana em frente à cama delas. Ele não tem ideia do que fazer agora, na verdade, já que a vontade de vê-las já foi saciada, mas também não quer ir embora. No entanto, sua linha de pensamento é interrompida por um ruído suave.

— *Oh.*

Ele olha para a porta do quarto e vê Luzia.

— Então eu tava certa. Você não é humano.

Alien fica parado. Ele não consegue reagir ou fugir ou, sei lá, dar um soco nela, pois pensa que aquele agora é seu fim.

No entanto, a idosa sorri e diz:

— Quer tomar um chá?

Tomando toda a coragem possível, ele faz que sim com a cabeça.

Sentado à mesa, ele observa a porta da cozinha aberta enquanto ela, de costas, prepara o chá.

— Você é um espírito da natureza? Ou um yokai?

— Nenhum dos dois. Este é Alien.

— Como aquele filme que o pai delas adorava quando criança? ET?

— Um pouco, sim.

— Talvez você seja algum espírito e não se deu conta ainda. — A chaleira começa a apitar e ela abaixa o fogo. — Então você veio do céu, não é? Como minhas netas te acharam?

— Isadora e Cassandra viram a nave deste cair no campo ao lado da estrada e atualmente estão ensinando este a ser humano. Este sentiu saudade hoje pela primeira vez.

— Hum, isso me lembra um pouco uma história. — Ela coloca a xícara de chá quente na frente dele.

— Qual?

— Uma que a minha mãe me contou quando eu era pequena. A da Princesa Kaguya.

— Princesa Kaguya?

— Isso. Um cortador de bambu acha uma criança minúscula dentro de um broto de bambu. Ele a leva para sua esposa e eles a criam como se fosse sua filha. Toda vez que o homem corta um bambu, ele acha uma pepita de ouro dentro. Com isso, é capaz de dar uma vida de luxo pra sua esposa e sua filha. Kaguya, a garota, cresce e se torna belíssima, então ela recebe propostas de muitos homens, incluindo o imperador. Apesar de ela não se casar com ele, eles se tornam bons amigos.

— O que isso tem a ver com este?

— Me deixa terminar.

— Este pede desculpas. — Ele toma um gole do chá, envergonhado. O gosto levemente adocicado é quase imperceptível em meio ao calor que desce por sua garganta e queima sua língua e seu peito.

— Continuando a história, Kaguya revela um dia que veio da Lua e que seu tempo na Terra tá chegando ao fim e ela tem que voltar. O imperador não quer que ela vá embora, então coloca guardas em volta da sua casa pra protegê-la, mas não adianta. Antes de partir, ela deixa uma carta de despedida com o elixir da vida. No final, a comitiva da Lua que veio buscá-la coloca sobre ela um manto que a faz esquecer todo o seu amor pela humanidade e ela retorna pra Lua. Vocês dois vieram do céu e foram encontrados em um campo, sendo cuidados por dois humanos e aprendendo como é viver. As duas histórias se parecem bastante pra mim. — Então ela para e olha para ele, séria. — Não machuca minhas meninas no final. Não volta pro céu, esquece delas ou deixa as duas com o coração partido.

— Este não vai.

Então, sem pensar, ele diz:

— Este promete.

Ela sorri.

— Você é uma boa pessoa.

Com isso, ele volta para casa.

LUTO.

11 de junho

Alien adormece na sua forma de bola de gude e acorda com passos pesados que fazem o chão de madeira do sótão tremer. Ele rola na direção dos passos e então Cassandra, que usava um vestido preto incomum para seus hábitos, o pega e o coloca no bolso do peito. Apesar de ele conseguir enxergar a maioria das coisas através do tecido preto esticado na sua frente devido à sua forma diminuta, ele ainda não entende o que está acontecendo.

Eles entram no carro e há pouco barulho, exceto por um soluço baixinho e pelo motor. Quando estacionam, eles sobem as escadas de algum lugar e entram em um local com cheiro de velas e flores. Então atravessam uma porta e há um longo suspiro, seguido por um som de choro.

Alien enxerga um retrato de Luzia na parede. Logo abaixo dele, sobre uma mesa, está colocada uma espécie de caixa grande aberta, aproximadamente do tamanho de uma pessoa. Eles se aproximam dela e Cassandra se inclina um pouco, deixando o conteúdo visível para ele.

Ali está Luzia, com a pele — normalmente cor de cobre — pálida, os cabelos e as roupas arrumados, as mãos cruzadas sobre o peito e os olhos fechados.

— Ah, vovó... — murmura Cassandra, chorando e soluçando, a voz aguda de dor. — *Ah, vovó...*

Luzia está morta.

Eles voltam para casa horas depois.

Passam-se alguns dias. Todos estão quietos, e Alien ocasionalmente consegue escutar alguém chorando. Quem é, ele não sabe. Então ele comete o seu maior erro na Terra até hoje: ele faz aquela pergunta.

— Por que a família inteira está chorando?

Isadora olha para ele como se fosse louco, enquanto Cassandra parece em choque, então murmura:

— A minha avó tá *morta*. Não entendeu isso?

— Sim, mas por que continuar chorando após a morte dela?

— Seu *imbecil!* — exclama Isadora, de repente. Seus olhos pinicam com lágrimas. — Imbecil!! Você é um imbecil egoísta babaca, vai pro inferno!!

Então ela vai embora.

— ... Isadora ficou chateada pelo que este disse?

— Sim, *porra*, ela ficou chateada!!

— ... este não teve a intenção...

— Eu sei!! Você nunca tem!! Por isso a gente fica o tempo todo tolerando tudo de ruim que você fala!!! — Ela vai na direção da saída e então para. — Luto.

— O quê?

— Luto. Pesquisa sobre isso. Você não vai entender como é a sensação mesmo.

Ele realmente pesquisa. Chega a esta definição:

    Luto sm. 1. Sentimento de dor e saudade pela morte ou perda de algo ou alguém.

Dor. Ele já sentiu dor física algumas vezes, mas, desde que chegara à Terra, ouvira falar de algo chamado dor emocional.

Ele sabe que não é algo físico, mas que faz os humanos sofrerem como se fosse uma sensação do corpo. Ele não faz ideia de como isso funciona.

Saudade. Ele sentiu isso ontem em relação às duas garotas quando estavam distantes. Ele supôs que teve essa sensação por conviver diariamente com ambas, e pensa que não vai sentir isso em relação a Luzia. Se viram poucas vezes e ela não tinha grande impacto em sua vida.

Porém... havia algo de estranho ali. Dentro dele.

Os seres vivos não voltam da morte.

Entenda, sua espécie não podia realmente *morrer*, ao menos não naturalmente. Sua capacidade de mudar de forma fazia com que qualquer dano pudesse ser revertido, e ela não contraía doenças. O único modo de uma parte do Organismo morrer seria tentando transformar todas as suas células nas de outra criatura. Isso iria contra sua natureza fluida e mutável e causaria um colapso completo em seu sistema. Dessa forma, Alien nunca presenciou alguém de sua espécie morrer.

Ele sabia o que era a morte, claro. O Organismo já havia matado membros de outras espécies antes e eles compreendiam o que era o fenômeno. Porém, agora, parecia... diferente.

Ele pensa no fato de que, a partir de agora, ele nunca mais verá Luzia. E, de repente, sente algo em seu peito.

É uma espécie de dor ou aperto desconfortável, mas não é realmente físico. Na verdade, parece mais com um peso, que o deixa com dificuldade para respirar. Alien não consegue desviar seus pensamentos de Luzia e das poucas memórias que tinha com ela. Em especial, aquelas do dia de ontem. Ele não sabia que ela ia morrer, então está com a estranha impressão de que aquilo fora uma espécie de...

Despedida.

Espera. O peso no peito, as lembranças, a impressão de despedida... será que...?

Ele começa a pesquisar cada vez mais sobre o assunto, tentando saber como é aquela sensação. No final, acha um site com uma poesia, uma das coisas terráqueas que ele tem muita dificuldade para compreender. Essa, porém, ele entende.

Isso é tristeza.

Definitivamente. Ele está triste. E, no meio da pesquisa, ele descobre mais sobre o luto, que é um processo para que alguém consiga superar uma perda, mais intenso para aqueles mais próximos da pessoa.

As duas garotas e seu pai eram muito mais próximos de Luzia do que ele, a conheciam muito melhor. É nesse momento que Alien percebe que cometeu um erro muito ruim.

Depois que Isa acorda de uma soneca, ela encontra algo sob seu travesseiro. Poucos minutos depois, Sandra acha uma cópia idêntica em praticamente tudo no meio de seu caderno. Ambos eram papéis com os seguintes dizeres:

ALIEN ESTÁ COM UMA SENSAÇÃO DE PESO NO PEITO POIS COMPREENDEU O QUE É TRISTEZA E PERCEBEU QUE COMETEU UM ERRO, CAUSANDO TANTO A ISADORA QUANTO A CASSANDRA A CHAMADA DOR EMOCIONAL. APESAR DESTE AINDA NÃO A COMPREENDER BEM, ESTE PASSOU POR UM POUCO DELA HOJE E SENTE ALGO RUIM POR TER PROPORCIONADO DOR ÀS DUAS.

PARA EVITAR ERROS DO MESMO TIPO FERINDO SENTIMENTOS HUMANOS TÃO COMPLEXOS E DELICADOS, ALIEN FICARÁ FORA DA CASA ENQUANTO A FAMÍLIA ESTIVER PASSANDO PELO PROCESSO DE LUTO. CASO O DESEJEM DE VOLTA, É APENAS NECESSÁRIO CHAMAR O NOME DESTE NA PRAÇA E ESTE SERÁ ENCONTRADO. PERDÃO. ALIEN.

— Sandra, o Alien foi embora! — exclama Isadora.

— N-não, eu vou achar ele! Eu juro!

— Acha logo! Não quero perder ele também! — A menina começou a chorar baixinho assim que sua irmã deixou a casa.

Sandra sabia que Isa começaria a chorar, então correu até a praça sozinha. O vento batia contra a pele nua de suas pernas. Era quase inverno e ela usava shorts e um casaquinho que mal a protegia do frio. O sol de fim de tarde no horizonte quase a cegava. Porém isso não importava para ela agora. O que importava era encontrar seu amigo.

Ao chegar na praça, ela não precisou gritar seu nome. O rapaz estava parado sob a sombra de uma árvore, com um dos dedos estendidos transformado em uma flor. Sobre ele repousava uma borboleta. Ele não se movia um centímetro enquanto a olhava, parecia até que fazia parte da paisagem.

— ALIEN! — berrou Sandra, ofegante. Um desejo profundamente egoísta estava arraigado em seu coração: *não quero que ele vá embora.*

Ele olhou para ela com surpresa genuína, então recolheu o dedo e andou em sua direção, percebendo o quão exausta ela parecia depois de ter corrido até lá. Alien pergunta:

— Este deveria se preocupar com o estado de Cassandra?

— A gente... a... a gente... — Ela respira fundo a cada palavra. — ... não quer... que você... vá embora...

Ele franze a testa, parecendo realmente confuso.

— Mas... este irá ferir os sentimentos das duas se ficar durante o processo de luto.

— Mesmo... assim... é só errando... que cê vai aprender, né? E a gente fica... com saudade...

Eles voltam para casa e, durante o caminho inteiro, ele pensa.

~~(Luto só é sentido por alguém querido.)~~
~~(Saudade só é sentida por alguém querido.)~~
~~(Alien é querido?)~~

BANHO QUENTE. CHEIRAR ROUPAS LIMPAS. DIA FRIO. CHOCOLATE QUENTE. BELEZA. AMIZADE.

30 de junho

O corpo de Alien se desequilibra e ele cai na poça d'água.

— Pffft... pffft... — Esse é o som que ele ouve saindo da boca de Cássio, que em seguida se transforma numa gargalhada.

— Não é engraçado, está frio. — Ele se levanta bufando. Uma leve sensação de borbulho queima em seu peito, porém desaparece rapidamente ao ver o sorriso de Cássio (ele descobriu recentemente que beleza significava *algo agradável ao olhar*. Ele percebe que o sorriso de Cássio é bonito).

— Foi... foi mal... vem cá, eu te levo pra minha casa! Você pode tomar banho lá! — Alien agradeceu mentalmente por não estarem na casa das duas garotas, ou teriam que explicar sua existência ao pai delas e isso ferraria com tudo o que fizeram para mantê-lo escondido nos últimos meses.

— Aí, inclusive, eu tava querendo te perguntar uma coisa. Não te vi muito com a Sandra nas últimas semanas, é por causa do que aconteceu com a avó delas?

— ... é.

— Entendi. Você é um cara legal, sabe.

— ... este é?

— É, sim. Vem, vamos entrar.

Quando é deixado sozinho no banheiro com uma toalha, Alien não sabe o que fazer. Ele assistiu a muitos filmes com as garotas desde que chegou à Terra, mas quase nunca havia cenas de banho (majoritariamente porque Isadora estava junto) e, como não suava, nunca foi forçado a se banhar. Então, após se despir, ele se senta no chão sob o chuveiro e, com delicadeza, gira a torneira.

O jato de água o atinge tão repentinamente que ele solta uma leve exclamação de surpresa. Então, enquanto as centenas ou até milhares de pingos escorrem por seu corpo, ele sente como se sua musculatura parcialmente humana derretesse, o calor quase escaldante afastando o frio que era fonte de seu sofrimento e lavando toda a sujeira de seu corpo. Durante cerca de sete minutos, tudo o que ele faz é ficar ali, sentado e encolhido, enquanto sente que um cobertor está massageando seu corpo, até se levantar com dificuldade e desligar o chuveiro com pesar.

Molhado da cabeça aos pés, ele encara a pilha de roupas que Cássio lhe emprestou. Disse que estavam recém-lavadas, então não precisava se preocupar em pegar o suor do outro. Alien pega os tecidos com cuidado, como se fossem algum tipo de relíquia sagrada, as aproxima do rosto e dá uma fungada.

(Ele viu Cassandra fazer isso enquanto arrumava suas roupas no armário uma vez. Ela disse que era um hábito esquisito que tinha porque gostava do cheiro delas logo depois de saírem da máquina. Quando ele pediu para cheirar, ela disse que ia bater nele se tentasse e o chamou de estranho. Grossa.) Sinceramente, o cheiro não tinha nada demais, mas o frescor e o leve perfume característico de roupa lavada eram muito bons. Além disso, havia mais um cheiro ali, um que era mais familiar, um que o lembrava de seu amigo.

— Tá bonito! — diz Cássio após ele aparecer na sala, apesar de só estar usando blusa e calça de moletom.

— Este agradece. — ele fala, se aproximando. — O que é isso? — pergunta, olhando dentro da xícara dele. Há um líquido mais amarronzado ali.

— Leite com chocolate. Quer? É bom num dia frio desse.

Alien toma dois goles e tem de se segurar para não virar tudo garganta abaixo. A doçura preenche cada canto de sua boca e a semelhança com o chocolate sólido a torna ainda melhor.

— É muito bom! — ele exclama, devolvendo para Cássio, que sorri.

— Isso é legal.

— O quê?

— Ficar com um amigo assim, em casa, num dia friozinho. E é bom que eu consegui falar com você antes que mais alguém viesse falar sobre mim.

— Falar sobre você?

De repente, Cássio percebe que falou demais. Porém ele não pode simplesmente jogar a história assim em cima de Alien e não falar nada.

— É... que... — ele suspira — Ano passado, eu... descobri que sou gay. Eu fiquei desesperado pra tentar esconder, porque, né, cidade do interior, daí... eu fiquei com uma menina. Mas ela queria fazer sexo e eu... tive uma sensação muito, muito ruim. Eu pedi desculpas e expliquei tudo pra ela, e a garota... não aceitou muito bem. Depois, toda a escola tava sabendo.

— Gay?

Ele se lembra dessa palavra. Sabe que significa alguém que se atrai somente por pessoas do mesmo gênero humano. Ele chegou a considerar isso estranho, mas logo descartou a ideia ao se lembrar do sermão de meia hora que Cassandra lhe deu sobre "não há humanos defeituosos".

— Por favor, não me diz que você é homofóbico, você não, você é tão legal comigo...

— Homofóbico? Não. — Ele se lembra de ler sobre aquilo na internet, sobre serem pessoas com preconceito em relação a gays, mas... ele não tinha lido uma matéria sobre história? Isso não havia ficado no passado dos humanos? — Alguém é homofóbico com Cássio?

— Ah, por favor, né? Nunca notou que, sempre que a gente sai na rua, as pessoas vão pro outro lado? Ou que, quando eu passo perto dos meninos da minha escola com você do lado, eles ficam rindo? Ou que eu sempre tô meio nervoso quando saio de casa?

Alien puxa isso da sua memória. Ele se lembra desses acontecimentos, mas nunca os conectou ou parou para pensar sobre o que poderiam ser. De repente, aquele borbulho no peito volta, mas não passa.

— Não deveriam fazer isso. Não há nada de errado com ser gay.

Cássio olha para ele, como se em choque, então o abraça. Alien sente gotas pingando sobre seu ombro.

— Cássio está chorando?

— Só... só um pouco. É que isso... é muito importante pra mim. — Ele se afasta. — O Leo não tava aqui ainda e a Mari e a Sandra foram as únicas que ficaram do meu lado na época porque elas também eram maltratadas. Depois, veio o

Leo... e agora, você. — Então ele dá mais um daqueles sorrisos bonitos. — Você é um bom amigo.

— Não, este não é. Cássio é um bom amigo. — ele fala sem nem pensar duas vezes. Quando percebe o que falou, ele entende algo, finalmente.

Este tem amigos.

MEMÓRIAS. PÂNICO.
LENÇÓIS LIMPOS. PIPOCA.
A VOZ DO SILÊNCIO. RAIVA.

1º de agosto

— Tô curiosa com uma coisa — comenta Isadora.

— O quê?

— Como é que tava a Terra quando o Organismo chegou? Ou vai chegar, no futuro, tanto faz?

— A maioria das invenções humanas havia sido destruída pela passagem do tempo, mas a internet ainda existia. O Organismo a utilizou para que aprendêssemos a falar as línguas humanas.

— Já que a Isa fez uma pergunta, eu também vou fazer! — exclama Gabriela, movendo os dedos para se meter na conversa. Ela havia ficado muito menos tímida agora na frente de Alien. — Se você tem tantas memórias assim do O-R-G-A-N-I--S-M-O, — Ela tem dificuldade com essa palavra em específico, então a soletra. — você se lembra de como ele surgiu?

— O Organismo... — começa Alien. Então seus dedos param de se mover. — Um momento... — Ele pensa,

pensa e pensa, porém termina com uma constatação muito simples, mas que, na sua mente, é muito terrível: — Este não se lembra.

As duas deixam o sótão pensando que aquilo não é nada demais, ele apenas não soube como responder à pergunta delas, isso acontece com todo mundo. Porém, para ele, é muito pior. Ele revira sua memória em busca de outras coisas relacionadas ao Organismo e percebe que há lacunas que ele não consegue preencher. Ele está se tornando cada vez mais humano e, quanto mais isso acontece, mais ele vai esquecendo memórias que não pertencem ao seu indivíduo.

De repente, um pensamento instintivo e primitivo surge dos fundos de sua mente, onde estava trancado, engolindo-o como uma onda:

Você não é humano
Você pertence ao Organismo
Isso é heresia
Você não é um indivíduo
Você está se tornando defeituoso como eles
Isso é errado
Sua existência se tornou uma falha

Quando Sandra o encontra, ele está tendo uma crise de pânico.

— Merda — ela murmura.

A garota se aproxima correndo a passos largos e se ajoelha na sua frente. Ele tem os dedos cravados no couro cabeludo, as pernas dobradas em frente ao corpo e os olhos arregalados, com horror estampado neles. Ela percebe que ele está sentindo *medo*, e isso, no momento, não é nada, *nada* bom.

— Ei, Alien... — ela começa — Consegue me escutar?

— Humanos... fizeram este começar a se tornar humano... — ele murmura, ainda em estado de pânico. — Humanos... fizeram este ter experiências... pensar que ser um indivíduo era correto... pensar que deixar o Organismo não era ruim...

— Quê? Ah... — Isso a lembra de algo. — Ei, cara. Ei, olha pra mim. Por favor. — Ela mantém o tom calmo e sem qualquer tipo de autoridade, o mesmo que usa quando acalma Isadora após um pesadelo. Isso funciona, pois seus olhos se movem um pouco na sua direção. — Presta atenção em mim, ok? Primeiro, antes de qualquer coisa, respira junto comigo, tá legal? Pode fazer isso? Um, dois, três. — Ela inspira fundo e ele a segue. Eles repetem isso mais algumas vezes, e seus dedos soltam o couro cabeludo. Isso é bom. — Agora, me escuta, ok? Eu não sei como foi viver como parte do Organismo e nunca vou saber. Acho que meu cérebro nem poderia fazer parte disso ou entender a sensação. Mas eu quero que saiba que eles nunca, *nunca* mais vão te falar o que é certo e errado, e tá tudo bem. Tá tudo bem ser humano, sentir, ter preferências, ser um indivíduo. E eu quero que você saiba que aqui, comigo, com a Isa, o Cássio, a Mari, o Leo, a Gabi, você *nunca* vai ser defeituoso. Porque você é perfeito, do jeito que você é, e nós te amamos assim.

As palavras o acalmam. Ela não tem certeza se foram as palavras em si ou o seu tom de voz, mas o que importa é que agora ele está bem. Ela murmura:

— Ei, quer assistir um filme comigo no meu quarto hoje? O papai vai ficar de plantão.

— S-sim... isso seria bom...

— Eu sei que você gosta dos de terror, mas que tal alguma coisa mais calma hoje? Por exemplo, um filme sobre relações humanas pra você analisar uma por uma? Você gosta desses também, né?

— Sim... tudo bem... — Ele se levanta, ainda parecendo frágil, e ela o pega pela mão, guiando-o escada abaixo.

Tudo aquilo a lembrou de uma história que Leo contou uma vez. Aparentemente, uma prima sua fora parte de um tipo de seita e, após muita intervenção, a família conseguiu tirá-la de lá. Ela acabou melhorando, mas às vezes tinha momentos em que a lavagem cerebral parecia voltar e ela se sentia muito culpada por ter saído e por estar se sentindo feliz longe de lá. Sandra pensa com amargura que o Organismo não é tão diferente assim.

Ela o vê cheirando os lençóis limpos de seu quarto quando chega com um balde de pipoca, mas, dessa vez, decide deixá-lo. Naquela noite em específico, ao invés de irritá-la, a estranheza dele a encanta levemente.

Ela escolhe *A voz do silêncio* para assistirem. Estava pensando em ver esse filme com ele já fazia um tempo, para que pudessem conversar, depois, sobre alguns assuntos, como o peso das palavras sobre alguém frágil, já que ela temia que isso pudesse acontecer e acarretar coisas ruins.

Quando os créditos começam a rolar ao final, Alien continua encarando a tela, em choque, então se vira e fala:

— Como Cassandra pensou que *isso* ia fazer este se sentir bem?!

— O que, cê não gostou?!

— Este gostou, porém está perplexo! É chocante descobrir que há pessoas que sentem uma aversão por si mesmas tão grande ao ponto de desejarem e buscarem a própria morte! E, pior ainda, pessoas que não se importam com o peso de suas palavras e ações sobre outros, mesmo que isso possa acabar com uma vida! Isso... isso... deixa este com... aquela coisa!

— Que coisa?

— Aquilo que às vezes Cassandra e Isadora sentem quando este fala alguma coisa idiota!

— Raiva?

— Isso! Deixa este com raiva! Raiva!

SENSO DE PROTEÇÃO.

2 de agosto

Alien escuta as vozes de Cassandra e Leo subindo as escadas. Ele se vira para a porta do sótão e fica surpreso quando ela se abre com um estrondo, e mais surpreso ainda ao ver Marina ajudando um Leo ferido. O garoto tem um corte na testa, outro na ponte do nariz, um hematoma na bochecha, outro no pescoço e segura a barriga como se ela doesse muito.

— O que aconteceu?! — pergunta Alien, confuso.

— Aqueles filhos da puta! — exclama Marina. Marina nunca xinga.

— O quê?!

— Espancaram o Leo!

Com a ajuda de Cassandra, Leo se senta no chão, gemendo um pouco de dor, e tira a camisa com a intenção de avaliar os ferimentos. Ele olha para Alien, com um pouco de medo do que ele vai achar do *binder*, mas os olhos arregalados de seu amigo estão focados em sua barriga. Os hematomas, cerca de seis, são terríveis e já estão ficando roxos. Alien, lembrando-se dos conhecimentos que adquiriu com os livros de anatomia, primeiros socorros, medicina e enfermagem do sótão, murmura:

— Precisa de várias compressas de gelo ou vai aumentar. Também é preciso gaze, algodão e álcool. — Ele ergue a cabeça, com uma súbita intensidade em seu olhar e em seu peito. — O que estão esperando?! Vão, vão, vão!

Os três correm escada abaixo e Alien se vira para Leo.

— Como isso aconteceu?

— Eu tava andando na rua e vieram uns caras do nosso ano que começaram a me chamar de bicha. Eu ia ignorar, mas aí eles arrancaram uma das minhas muletas e bateram na minha cara com ela. Eu caí de cara no chão e eles começaram a chutar minha barriga até que a galera apareceu e me salvou. Acho que, se não fosse por eles, eu taria morto a essa hora.

— Por que eles fizeram isso?!

— Porque eu sou trans.

Após cuidarem dos primeiros socorros, Alien continuou a perguntar, dessa vez para os outros três:

— Como foi?

— Como foi o quê?

— A sensação de socá-los.

— ... eu tenho um vídeo, na verdade. — diz Marina, pegando a câmera que estava pendurada em seu pescoço — Eu tinha começado a gravar porque queria dar um mortal, mas aí a gente escutou um trem longe e foi correndo pra lá, e eu acabei filmando sem querer toda a briga.

No vídeo, Cassandra se aproximava da esquina, querendo saber o que estava acontecendo, mas Marina passou na sua frente. Ao ver o que era aquilo, ela correu até os agressores e deu um chute no saco de um deles. Ela os chamou de filhos da puta e Cássio chegou, dando um murro na cara de um. Cassandra arrancou a muleta do que a segurava, usou-a para bater nele e devolveu-a para Leo, que se levantava com dificuldade do chão. Os caras saíram correndo e, a partir daí, o vídeo ficou trêmulo, pois estavam correndo até a casa de Cassandra.

— Cadê seu boné? — pergunta Alien, de repente. Pela primeira vez desde que o conhece, a cabeça de Leo está descoberta. Se antes ela era raspada, agora uma pequena camada de cabelo cobria seu couro cabeludo.

— Eles pegaram. Era da minha irmã. — Ele para, olhando pro chão. — Eu adorava aquele boné.

Então Alien se levantou, pegou um boné de uma caixa (a essa altura, ele conhecia quase tudo o que existia naquele sótão) e entregou a Leo.

— Aqui. Mas não terá o mesmo valor sentimental.

Apesar disso, Leo o pega, coloca na cabeça e sorri, mesmo com a dor nos músculos do rosto. Ele tem aparelhos nos dentes.

— O ruim disso... — murmura Cássio — É que, agora, todo mundo vai saber, se já não sabem, e você queria manter isso em segredo. Por isso se mudou pra cá, né?

— ... é... merda! — ele exclama, dando um pequeno tapa no chão de madeira. — ... agora, eles vão vir atrás de mim. E, daqui a pouco, os adultos também, não só os moleques da escola.

— ... este vai cuidar disso.

— Quê? Como assim?

— Não é necessário se preocupar.

Naquela noite, três rapazes acordam com uma criatura medonha indescritível pairando sobre suas camas enquanto cobre suas bocas, impedindo-os de gritar. Ele sussurra com uma voz sombria:

— *Se qualquer pessoa atacar ou sequer desrespeitar de novo Leo Takada ou aqueles próximos a ele, este matará sua família e jogará os pedaços dos corpos deles sobre você. Você entendeu?*

— ... coisa esquisita.

— O quê?

— Eu vi aqueles caras hoje de novo e eles pareciam que tavam com... medo de mim?

— Oh. Estranho.

— Não é? Bom, melhor pra mim.

Certa vez, o Organismo escutou uma frase de outro povo: *O lugar mais perigoso do universo é entre um pai e seus filhos.* Isso ressoa em Alien, de alguma forma, e ele consegue lembrar. Ele associa isso com o fato de que humanos são seres sociais. Se você ferir o membro de um grupo, o restante te rejeitará. Naquele momento em que descobre que Leo pode sofrer ainda mais, ele se sente mais humano do que nunca, pois não pode deixar alguém machucar seus amigos sem sofrer as consequências.

QUANDO LUTAR.

13 de agosto

— Como foi a escola hoje? — pergunta Alien enquanto cuida de suas plantas, reconhecendo os passos leves de Isadora no piso de madeira.

— ... bem.

— Este assistiu a filmes o suficiente para saber que quando alunos falam "bem", é porque não foi bem. Aconteceu algo?

— ... tem esse menino lá na escola, o Yuri...

— Isadora gosta dele?

— Não!! — ela berra. — Nunca!! Ele é chato e nojento! Ele vive implicando comigo e com os meus amigos!!! Eu falo com os auxiliares e os professores, mas ninguém nunca faz nada!!!

— Que tipo de coisas Yuri faz?

— Ele vive escrevendo coisas idiotas nos nossos cadernos e livros, puxa o meu cabelo, coloca o pé na frente pra gente tropeçar, chama a gente de coisas imbecis quando ninguém tá ouvindo, esconde as nossas coisas, me zoa quando eu leio porque sabe que eu tenho dislexia, joga terra em mim e na Gabi, e hoje ele imitou a voz da Gabi só pra magoar ela!

Alien se lembra de ter escutado Gabriela falando verbalmente uma vez. Isso só acontecia quando ela estava muito brava. Era confuso e ela quase sempre emitia sons que não queria. Tinha muita dificuldade em se comunicar dessa maneira, por isso preferia a língua de sinais. Ele imaginou o jeito como o tal Yuri deve ter imitado a voz dela e pensou nele zombando do distúrbio de aprendizagem de Isadora, imediatamente sentindo uma onda de aversão ao garoto.

— Isadora já falou para Yuri parar?

— Sim, mas ele só riu da minha cara!!

— ... talvez seja necessário tomar medidas mais assertivas.

— Asser... tivas?

— Mais fortes. Afirmativas.

— Você acha mesmo?

— Sim. Caso Yuri ultrapasse os limites, seja por qualidade ou quantidade de suas ações, Isadora deve lutar por si e por seus amigos.

— Mas o papai disse que a violência não resolve.

— O Organismo já aniquilou muitos planetas. Os mais memoráveis foram os que lutaram de volta. Eles eram mais fracos e por isso perderam, mas lutaram bravamente até o fim. Este consegue ver isso agora. Na situação atual, Isadora está em pé de igualdade com Yuri em todos os aspectos, então tem chance de fazer seu ponto de vista prevalecer. E, mesmo que não vença, o fato de ter lutado o fará respeitar sua coragem e deixá-la em paz.

— ... tá bom! Se ele fizer alguma coisa ainda pior, o que eu acho que vai acontecer, é provável, eu vou enfrentar ele!

Nenhum dos dois percebeu que aquela foi a primeira vez que Alien falava do Organismo sem qualquer tipo de reverência, quase que o criticando.

Alguns dias depois, ela chegou correndo no sótão, segurando um dente, com uma lacuna sangrenta no meio de um sorriso estendido de orelha a orelha e exclamando:

— Eu consegui!! Eu enfrentei ele!!

— Enfrentou?!

— Sim!! Eu perdi um dente e fiquei de castigo, mas eu não tô nem aí! Eu ganhei!!

— Como é que foi?

— No fim da aula, eu tava esperando a Gabi pra gente sair juntas e percebi que ela tava demorando muito, daí eu fui atrás dela. Eu achei ela chorando na sala porque o Yuri tinha escrito no caderno dela que, se ela não sabia falar, não devia estar na escola.

Alien sente uma fúria inflamando-se em seu peito, mas se contém.

— Daí eu fiquei fula da vida, né, então eu saí correndo pra praça porque eu sabia que ele tava lá e dei um murrão na cara dele!! Todo mundo viu! Eu levei um soco depois, mas aí eu usei um dos passos de balé que eu te mostrei daquela vez pra chutar o peito dele!

— Sério?

— É! Daí ele me deu um tapa, e eu dei outro passo de balé e chutei o piupiu dele! E, quando ele caiu no chão, eu terminei dando um soco e um chute na barriga dele!! Eu venci! E foi por sua causa! Obrigada! Obrigada! — E o abraçou forte.

— Este fica feliz em ajudar, mas Isadora não deve fazer isso novamente a menos que haja um motivo muito bom, ok?

— Ok! O papai deve vir brigar comigo agora, então eu tenho que ir! Tchau!

— Tchau.

Em seu interior, vem uma sensação boa de alegria não só em tê-la ajudado, mas em ver que ela conseguiu.

Orgulho.

ANIVERSÁRIO. PIZZA. GÊNERO. VER ALGUÉM TROPEÇAR. PEGAR COISAS BRILHANTES.

2 de setembro

— Este não entende. Por que humanos comemoram a data em que nasceram?

— Porque você celebra que conseguiu ficar vivo mais um ano! Pelo menos, na minha visão, é assim. Além disso, a Mari ia ficar chateada se você não fosse. — explica Cassandra enquanto andavam. De repente, ela para porque Alien se agachou. — O que foi?

— Um instante. — Então se levanta de novo, agora com um alfinete na mão. Ele o guarda no bolso e Sandra faz um som de entendimento.

Ultimamente, Alien estava com um hábito estranho de coletar (para não dizer roubar, em alguns casos mais específicos) objetos brilhantes que encontrava na rua. Algo naquilo o fascinava tanto quanto as plantas que adorava.

Quando chegam à pizzaria, seus amigos já estão lá. Como sempre, Alien é o que mais fica em silêncio durante as conversas. Isso não incomoda ninguém. Ele é o único a rir das piadas ruins de Marina e sorri para as fotos dela (ainda que sem mostrar os dentes), ele concorda com muito do que Cássio diz e admira seu sorriso, ele compartilha um segredo silencioso com Cassandra e sente como se tivesse uma cúmplice na presença dela, ele escuta tudo o que Leo diz e lhe pergunta sobre arte.

— Ah, por falar nisso — diz o garoto com o boné —, você ainda tem aquele quadro que pintou quando a gente se conheceu, né?

— É claro. Na verdade, este teve algumas ideias para complementá-lo. — Isso era verdade. Lá no sótão, os pontos no quadro se transformaram em riscos e mais cores foram surgindo das bordas cinzentas na forma de pontos. — Este poderia fazer uma pergunta social e filosófica para Leo sobre a natureza humana?

— Manda.

— O que seria gênero?

— É uma construção social de uma percepção que você tem sobre si e os outros têm sobre você.

— Mas... quais os critérios?

— É muito subentendido. O que importa na real é o que você sente. Eu sempre me senti um cara, mas ninguém mais me percebia assim até eu raspar a cabeça.

— ... este não consegue compreender. Na verdade, este acha que não tem um gênero humano.

— Isso é legal, também.

Como era aniversário de Marina, puderam pedir várias pizzas, e Alien pegou uma fatia de cada (Isadora sempre dizia que ele era fominha). Os sabores salgados com toques de queijo derretiam em sua boca, com um fio ligando seus lábios ao pedaço mordido. Ele devorava até mesmo a borda almofadada, algo que ninguém mais ali estava fazendo. No final, eles acenderam uma vela sobre um bolinho que haviam trazido e cantaram uma música que dava parabéns, com Marina soprando a vela para apagá-la. Alien gostaria de ter isso na data em que caiu na Terra.

No caminho até o ponto de ônibus, ele pegou uma tampinha de garrafa que reluzia sob a luz dos postes. E riu bastante ao ver um homem tropeçar na rua.

Ele tá mais risonho. Pensa Cassandra, sorrindo ao vê-lo fazer o mesmo. *Talvez ele goste daqui.*

SONECA. RESPIRAR.
NASCER DO SOL.

21 de setembro

Alien ficou acordado até mais tarde naquele dia. Como não queria acordar tarde no dia seguinte, decidiu tirar apenas uma soneca. Ele vinha reparando que, quanto mais tempo passava sem trocar de forma, mais humanas suas necessidades se tornavam.

A sensação de dormir por um curto período é estranha, pois, ao acordar, ele não tem a mínima ideia de quanto tempo se passou. Porém, ao olhar o relógio na parede sob a baixa luminosidade do sótão, ele percebe que são cinco e meia da manhã, ou seja, ele dormiu durante duas horas.

De repente, ele percebe algo. Seu corpo está se movendo sem que Alien o faça conscientemente. Ele está respirando. A cada exalação, seu peito se move para baixo, e então para cima. E para baixo. E para cima. E para baixo.

Ele fica contemplando a ação involuntária de seu corpo durante algum tempo até perceber uma fraca luz se infiltrando no cômodo. Ao olhar pela janela, percebe o sol nascendo e tingindo o céu de um rosa claro junto de um amarelo sutil, espantando a escuridão. Nesse momento, debruçado sobre a janela e com a pele encostada no vidro, ele entende.

Ele está vivo. E gosta disso.

DOCES. FLORADA. CARINHO EM CACHORRO. VER QUE ESTÁ SENDO IDIOTA.

31 de outubro

— Aí, quer um pirulito? — pergunta Leo, chamando-o.

— Sim, por favor. Este já vai. — ele responde, afastando-se da árvore.

No último mês, um fenômeno realmente impressionante estava ocorrendo na cidade: com a chegada da primavera, a maioria das árvores criara flores que decoravam as ruas com suas cores belas. Alien estava praticamente arrancando uma flor de cada árvore que via. Sobre o muro, estava parado um gato preto e uma borboleta azul repousava sobre seu focinho, e o que parecia ser um corvo grasnava à distância (o que, na verdade, era bem estranho, pois não havia corvos no Brasil).

Ele se aproximou, pegou um pirulito e, sentindo o sabor doce se espalhar pela boca, sentou-se no chão junto de Leo, Marina e Cassandra. Cássio não pôde vir. No colo de Leo, descansava a cabeça de um cão. Ao ver o olhar fixo de Alien sobre o animal, o garoto perguntou:

— Quer fazer carinho nele?

— Ele morde?

Leo olhou para ele como se fosse estúpido.

— Você viu ele sair correndo de um pintinho um dia desses.

Só então Alien percebeu o quanto a pergunta foi idiota e deu uma risada discreta. Ele estava se sentindo bem mais à vontade em produzir aquele som nos últimos tempos. Sua mão repousou sobre o pelo do cão. Era macio e um pouco bagunçado. A respiração morna sob a pele tornava a sensação ainda melhor.

CONVERSA.

11 de novembro

— ... você *nunca* tá em casa, porra! E eu cuido de tudo com a Isa!
— Sandra, eu *preciso* da sua ajuda! Não pode esperar que eu faça tudo!
— E você também não pode esperar que *eu* faça tudo! Eu só tenho dezesseis anos, caralho! Você é o pai! É quem devia cuidar dos filhos!

Apesar do chão grosso, os gritos deles atravessam a vedação. Alien está paralisado enquanto escuta Cassandra brigar com seu pai, a porta do sótão aberta, ele encolhido em um canto.

— ... quer saber uma coisa, pai? — ela está falando baixo agora. Sua voz está embargada. — Uma vez, quando eu tinha uns onze ou doze anos, sei lá, eu torci o tornozelo. Tava doendo muito, e sabe o que eu fiz? Andei até a casa da vovó. Mesmo sendo muito longe de onde eu tava, mais longe do que aqui em casa. Porque eu sabia que você não ia ajudar porque *você nunca tá em casa!!* E, além disso, não conhece as suas filhas!!! — Agora ela está definitivamente chorando. — Você sabia que eu me culpei por muito tempo pela mamãe ter ido embora?! Você sabe que a Isa se culpa por isso?! Eu tento conversar, mas ela não quer! Ela só falaria disso com você, e você não tá aqui!!! Se vai abandonar a gente de uma vez, então para de fazer isso aos poucos e *faz logo!*

Ela para de repente, como se tivesse dito algo que não queria. Ela murmura um *desculpa* baixinho, quase inaudível, e então seu pai começa a falar.

— Cassandra... você lembra do dia em que sua mãe foi embora?

— ... claro.

— Você se agarrou na perna dela e ela disse que precisava ir. Eu tinha dito pra você ficar dentro de casa enquanto a Isa dormia, mas você saiu. Quando ela foi embora, eu percebi que agora... seríamos só eu e minhas meninas. Naquela noite, você me perguntou se eu ia embora, e perguntou se a sua mãe ia voltar, e disse que ia fazer como se fosse a sua mãe... pra sua irmã.

Há um silêncio. Então ele volta a falar, chorando:

— ... aquilo... aquilo quebrou meu coração... porque eu soube que ia ter momentos em que eu ia falhar... que ia ter um lugar que eu não podia preencher, mesmo se tentasse... que eu ia te decepcionar a sua vida inteira... e... agora eu percebi... que eu faço isso. Eu sempre fiz e vou fazer de novo, não importa o que aconteça ou o quanto eu tente. Naquela noite, eu disse que você não precisava fazer nada, disse que ia ficar aqui, não importava o que acontecesse, que eu não ia pra lugar nenhum... mas agora eu percebo que eu menti pra você... eu falhei... com vocês duas... me desculpa...

Alien ouve algo caindo e supõe que ela o abraçou com força. Ele murmura baixinho:

— O papai não vai pra lugar nenhum mais... o papai vai ficar aqui pra vocês duas... dessa vez vai ser diferente... eu prometo...

Alien se sente feliz em ver que a carga imensa que Cassandra parecia sempre carregar finalmente fora aliviada.

TÉDIO. CHEIRAR UM LIVRO. A MENINA QUE ROUBAVA LIVROS. CHORO. ARREPENDIMENTO. BALÉ. PAIXÃO. DAR AS MÃOS. VER ESTRELAS. BEIJAR-SE. ESTRELA CADENTE.

29 de novembro

Alien está entediado. As provas finais de todos os seus amigos começarão em poucos dias e, nesse espaço de uma semana e pouco, eles não terão tempo de sair com ele. É como se seu cérebro estivesse ao mesmo tempo cansado e querendo fazer alguma coisa, a letargia o impede de pensar direito.

Assim, para acabar com aquela sensação ruim, ele começou a revirar novamente tudo o que havia naquele sótão e, dessa vez, diferentemente das outras, encontrou algo novo. Era um livro do autor Markus Zusak intitulado:

a menina que roubava livros

Ele lê a sinopse. Pela época em que se passa a história, deve ser durante a Segunda Guerra Mundial humana, sobre a qual ele quase nada sabe. Ele pensa que ler pode ajudá-lo a saber mais sobre esse período da história da Terra e, além do mais, será um passatempo durante a semana de provas de seus amigos. Ele inspira fundo ao abrir o livro, que parecia ter sido guardado faz algum tempo. Tinha um cheiro curioso de papel e tinta.

Alien engole as palavras do livro.

Sandra chegou em casa e tirou os tênis, exausta e aliviada porque as provas finalmente acabaram, junto das aulas. O primeiro ano do ensino médio foi puxado, mas ela conseguiu passar por ele e se parabeniza por isso. Ela almoça com seu pai e sua irmã, todos juntos. Ela ainda não se acostumou a isso. Pouco a pouco, passo por passo, é o que dizem.

Seu pai é quem leva Isa dessa vez. A escola de balé fez uma parceria com o teatro municipal e todos se apresentariam lá naquela noite, por isso Isa precisava ir mais cedo para os últimos ensaios e para se arrumar. Cássio também tinha uma apresentação e, pelo menos segundo o que ele afirmava, era "quase que um solo".

Vendo-se sozinha em casa, Sandra decide ir ao sótão ver como Alien está. Ela mal falou com ele nos últimos dias devido às provas e os estudos, e estava com saudade. Uma visita lhes faria bem.

Ela abre a porta e o encontra em posição fetal com a testa encostada no chão.

— Alien?! — ela pergunta, preocupada. — O que aconteceu?! Tá tudo bem?!

— Este é igual a eles... — ele murmura, sua voz parecendo frágil e quebradiça.

— Eles? Eles quem?! — Ela se aproxima, tentando entender o que está acontecendo. Ela avista o título do livro logo ao lado de Alien.

— Os nazistas!!!

Então ele ergue o rosto e ela arfa. Alien está chorando cascatas, o rosto contorcido em tristeza e dor. Soluçando, ele exclama:

— O Organismo matou e dizimou milhares de planetas e incontáveis vidas apenas porque eram diferentes, pois nos considerávamos superiores! Quando este chegou na Terra, este não passava de uma criatura sem emoção que se achava superior aos outros por não ser capaz de amar ou ser amado! Este feriu os sentimentos de muitas pessoas e concordou com os genocídios cometidos pelo Organismo! Este é um ser horrível que não merece estar próximo de Cassandra, Isadora ou qualquer um dos amigos deste! Este não merece nem viver!

— Ei.

A palavra murmurada tão perto dele o faz abrir os olhos castanhos. Cassandra está sentada em sua frente, com o olhar mais sério do mundo em seu rosto.

— Você era uma pessoa ruim *antes*. Porque você não conhecia o sentir. Mas você o conheceu e, por isso, você escolheu mudar, mudar pra melhor. Nada é tão humano quanto isso. Você não é um nazista porque você entendeu o quanto qualquer discriminação contra a vida é terrível e você se arrepende de já ter apoiado isso um dia. Você teve a trajetória mais bonita de se acompanhar em toda a história e é a pessoa mais humana que eu já vi. De novo, você não é um nazista, entendeu bem?

Ela o abraça e limpa as lágrimas dele com cuidado, encostando sua testa na dele e colocando a mão sobre o seu peito, sentindo seu coração.

Alien nunca se sentiu tão seguro.

— Este agradece.

— De nada. É a primeira vez que você chora, né?

— É. É estranho. Um pouco ruim.

— Mas tem momentos em que te alivia tanto, sabe. Toma, aqui. — e tira um papel do bolso.

— O que é isso?

— Um ingresso pra apresentação da Isa, da Gabriela e do Cássio hoje à noite. Eu comprei um a mais pra você poder ir.

Naquela noite, ele se esforçou ao máximo para não chamar a atenção na cadeira do teatro municipal. Como Cassandra comprara seu ingresso de última hora, ele ficou isolado, longe dos amigos, então assistiria sozinho. Ao ouvir a terceira campainha, o lugar ficou escuro e uma luz se acendeu no palco atrás das cortinas que se abriam. A cada apresentação, seus olhos percorrem o palco procurando Isadora e Gabriela.

Ele as *viu* e até as ajudou a praticar, no último mês, cada um dos passos. Chegou até a ficar irritado com a música de tanto que a escutou repetidamente. Ele sabe exatamente o que elas vão fazer, porém ver no palco é outra coisa, completamente diferente.

As duas *brilham*. Mesmo sendo tão pequenas, sua presença preenche o espaço e elas se tornam protagonistas de um show próprio (*toma essa, Yuri*, é o que ele pensa). Seus olhos ficam maravilhados o tempo todo. Ao mesmo tempo, ele está tenso, temendo que possam errar algum passo. Está praticamente na ponta da cadeira quando elas dão um *grand jeté* em sincronia e aterrissam no palco, finalizando a apresentação de modo espetacular.

Logo depois delas, vem Cássio.

Ele usa *collant*, meia-calça, sapatilhas e *glitter* pelo rosto e pescoço, tudo dourado, uma gola que parece com a de um casaco de peles e tem luzes no cabelo. A iluminação do palco imediatamente muda para combinar com seu esquema de cores e ele começa a dançar.

No meio da música também surgem outros dançarinos, mas Alien mal nota sua presença pois seus olhos estão focados *nele*. Cada movimento, cada respiração fluida, tudo é mágico e espalha sua energia dourada, luminosa e bela pelo teatro, até o canto mais escuro. Ele brilha, não só pelo *glitter* ou pelo suor, mas pela sua própria essência, como se tanto ele quanto o mundo soubessem que nada poderia pará-lo naquele palco.

Ao final, ele joga a gola de pelos para o público, e Alien consegue capturá-la no ar. Quando Cássio faz uma reverência, o público aplaude e as luzes se apagam para o próximo número, Alien melhora a visão de seus olhos para poder analisar a peça em suas mãos mesmo no escuro. Está impregnada de glitter. Então, em um ato impensado, ele a cheira.

O perfume é doce e quente, como o sorriso dele.

Ele pensa naquele sorriso, que viu reluzir no palco e em muitos outros momentos ao longo daquele ano, e seu coração palpita. Sua visão se expande para Cássio inteiro, e o coração bate ainda mais forte. Por fim, ele se imagina de novo naquela praça, quando se conheceram. O quanto ele mudara desde então? Bom, ele sabe que diria algo diferente hoje. Ele pensa no rosto, nos cachos e no sorriso molhados do garoto naquele dia e murmura baixinho enquanto arfa, dizendo exatamente o que falaria atualmente:

— Então isso é paixão?

Ao fim da apresentação, Gabriela é a primeira a sair do vestiário e dá para ver o porquê: está tão empolgada que sinaliza rápido demais e ele tem dificuldade de acompanhá-la.

— Foi a coisa mais incrível que eu já fiz! Chupa quem disse que não dá pra dançar com as vibrações da música!

— Eu não sei onde você aprendeu esse "chupa", mas eu tô muito orgulhosa de ti! Me dá cá um abraço! — E Marina envolve com os braços sua priminha, quase sufocando-a com a força.

Alien observa mais de longe em meio à multidão, com medo de ser visto pelo pai das meninas. Ele ergue o pescoço um pouco acima do mar de cabeças quando vê um coquezinho familiar correndo e pulando. Isadora começou a falar tão alto que todos ouviram, mas ela nem ligava. Então, quando seu pai não estava prestando atenção, ela correu em meio às pessoas e saltou sobre o rapaz, colocando todo o seu peso nele e exclamando:

— *Alien!*

— Isadora! Foi incrível!

— Você gostou?!

— Este amou! Este está muito orgulhoso de você! — E então pressiona os lábios contra a testa dela. Isadora o olha, boquiaberta. — O que foi?

— É a primeira vez que você beija, tipo, qualquer um! Quer dizer, foi um beijo, né?

— Uma tentativa, sim.

— Eu sabia! Vou contar pros nossos amigos e me gabar que eu fui a primeira! — Ela sai correndo e então volta. — Ah, aliás, tem que fazer um biquinho e depois um *muaq*, entendeu?

— Este agradece as dicas técnicas.

— Oi — diz uma voz atrás dele, e Alien cai para a frente com o susto. Cássio dá uma risadinha.

— Não é engraçado.

— Desculpa! O que achou?

— ... fantástico.

— ... uau. Você só disse isso sobre A *divina donzela da devastação*, então eu vou considerar um *grande* elogio.

— E deve. — Então ele para, respira fundo e toma coragem. — Este... poderia ir até a casa de Cássio esta noite e entrar pela janela de seu quarto para que possam conversar?

— Hã... claro. Mas por que não esperar até amanhã...?

— Por favor. — Ele implora com os olhos, e Cássio percebe o quanto aquilo deve ser importante para o garoto. Ele suspira.

— Tudo bem.

Duas horas depois, dito e feito. Alien bate à janela do quarto de Cássio e este o deixa entrar. Ele inspira fundo e murmura:

— Há uma coisa que este... gostaria de contar para Cássio. É um segredo que este vem mantendo desde que chegou a Belezas Ocultas, em fevereiro. Apenas Cassandra e Isadora o conhecem, e, caso alguém mais o saiba, haverá consequências terríveis para este. Porém... este confia em Cássio. — Ele inspira mais uma vez. — Este é...

— ... autista.

— ... espere, o quê?

— Não, tudo bem, olha, eu... bom, eu meio que já sabia, entendeu? Mas tá tudo bem, porque a Sandra também é...

— Cassandra é? — Repensando agora, isso explicava alguns comportamentos e situações.

— É, e eu sei como o estigma é grande, ainda mais numa cidade do interior, então tudo bem não querer falar, e eu quero que você saiba que eu tô aqui pra te ajudar e...

— Ah, não, não, não, este não é autista.

— ... não?

— Não. Embora, em outras circunstâncias, realmente fizesse sentido... — Se ele fosse humano, talvez. Mas ele nem sabe se os critérios de diagnóstico humanos fariam sentido com ele por sua mente e corpo serem de uma espécie completamente diferente. — Mas não. O segredo deste é muito obscuro, pois, caso alguém descubra a verdadeira natureza deste, tudo dará errado e este será muito odiado por todos ao seu redor.

— Eu nunca te odiaria, e você sabe disso. Nós somos amigos. — Ele pega sua mão. — E, seja lá o que aconteça, eu vou estar aqui pra gente enfrentar juntos.

— ... Cássio tem certeza de que não vai abandonar este, não importa o que descubra?

— Claro.

— ... tudo bem, então. Este... é um alienígena que troca de forma.

Há um segundo de silêncio.

— Pera, cê tá falando isso no sentido metafórico ou...?

— Não, é literal. — E troca entre várias formas para uma demonstração básica.

Nesse instante, os olhos de Cássio se arregalam e sua boca se abre levemente, seu queixo vai em direção ao chão, com puro choque estampado em seu rosto. Seus dedos afrouxam e imediatamente Alien fala, muito depressa:

— Cássio odeia este, não é?! Este sabia, isso foi um erro! Este sente muito e nunca mais incomodará Cássio! — E imediatamente se transforma em um morcego, voando janela afora.

Cássio leva um instante para compreender o que acabou de acontecer, para então se virar de supetão na direção da janela e perceber o erro terrível que cometeu ao ficar calado. Ele pula do lado de fora do quarto e sai correndo atrás de Alien, berrando:

— EI! ALIEN! ESPERA! NÃO VAI EMBORAAAA!

Apesar de estar em uma cidade pequena, ele supõe que poderia ser assaltado, mas aparentemente um cara de pijama com *glitter* no rosto (o demaquilante de sua mãe era muito ruim e ele teria que comprar um melhor no dia seguinte para tirar) correndo no meio da rua atrás de um morcego enquanto berrava desesperado para que ele esperasse e o chamava de Alien não era uma vítima de assalto muito convidativa. No máximo, recebeu uns olhares esquisitos, mas já estava acostumado àquilo.

Em determinado ponto, ele parou na praça, arfando enquanto olhava para todos os lados procurando pela sombra do maldito morcego. Então ele vê algo preto voando dentro dos muros da escola. Torcendo para que fosse Alien e não um morcego qualquer, ele pula a mureta com certa dificuldade e aterrissa lá dentro.

Ele encontra Alien no pequeno terraço tosco, sentado no telhado de cimento e abraçando os joelhos, já na forma humana. Ele encarava o céu. Cássio exclama:

— Alien! Não vai embora!

O garoto se vira e então seu olhar desce, cabisbaixo.

— Por que Cássio veio se odeia este?

— Você nem me deu a chance de falar!

— É melhor falar logo. Este já sabe que Cássio provavelmente vai dar a este um tapa, dizer-lhe que é ridículo e nojento e logo vai chegar um helicóptero do governo chamado por Cássio para capturar este e fazer experiências.

— ... que tipo de filmes você vem assistindo?! Enfim, não é nada disso.

— Não? Então o que é? Cássio vai declarar guerra contra a espécie deste?

— Não!

— Que bom, porque seria meio inútil.

— Quê?

— É uma longa história.

— Tá, enfim, deixa eu terminar de falar! — Ele se agacha na sua altura e pega suas mãos. — Eu achei você extraordinário.

— O... quê?

— Isso mesmo. Você é extraordinário.

Pela primeira vez, ele vê duas lágrimas descerem dos olhos de Alien. Elas formam um contorno em seu rosto. Ele apoia a cabeça de seu amigo em seu ombro e o ouve soluçar.

— E as duas decidiram cuidar de você assim, do nada?

— Sim. Este ainda tem problemas para entender a chamada *empatia* que Cassandra e Isadora tiveram naquele dia, mas é muito grato a elas.

— Pensando melhor, isso tudo explica muita coisa...

— Este é estranho, não é?

— Não. — Alien lhe dirige um olhar julgador. — Bom, só um pouquinho. Seu nome é Alien mesmo?

— Não. Foi Isadora quem deu a este o apelido.

— E você tem algum nome?

— Não. Mas este gostaria de ter um. Mas não sabe qual é.

Eles fitam as estrelas por um tempo. Ao mesmo tempo em que parecem pontinhos de *glitter* numa manta preta, elas fazem com que se lembrem do infinitamente gigantesco universo lá fora.

— Você sente saudades? De lá?

— Nunca. Antes, este não sabia o que era saudade. Após aprender, nunca foi sentida saudade nenhuma em relação ao Organismo.

— ... até um ano atrás, você não tinha identidade? Ou milhões de anos no futuro, tanto faz?

— Sim... é difícil entender. Este não pode nunca ser completamente humano ou morrerá, porém tudo o que o fazia uma parte do Organismo lhe causa repulsa agora. Então este não sabe o que é.

— Talvez você seja só o Alien, e seja o suficiente.

— ... talvez.

— Você quer contar pro resto dos nossos amigos? Eles vão entender.

— Pode ser. Amanhã.

— Amanhã. E, pensando bem, agora o fato de você ser um alienígena explica algumas coisas.

— Como o quê?

— O fato de você não piscar, por exemplo.

— Este... gostaria de agradecer. Por Cássio ter ajudado este a entender diversas emoções e sensações humanas, como hoje, por exemplo.

— Hoje? Sério?

— Uhum. Uma coisa que Cássio tem muita. — Então Alien olha para ele e seus olhos castanhos refletem as estrelas. — Paixão.

— Oh. Oh... *oh!*

— Na verdade, confessar isso pareceu bastante fácil após toda a coisa do *este é um alien de verdade*.

— Você... quer... dar as mãos?

— Seria bom.

Eles entrelaçam os dedos e viram os rostos para longe um do outro. Alien nunca sentiu a coisa que o preenche e aquece nesse momento.

— Este... gostaria... de um beijo... caso não seja incômodo! — Ele acrescenta, rapidamente.

— Ah... tá... bom...

E eles selam os lábios. Alien diz, logo após se separar da carne almofadada:

— É... estranho. Mas bom.

— Eu beijo bem? Eu só beijei, tipo, umas cinco vezes.

— Beija, sim. Beija bem.

Eles ficam em silêncio, até verem algo raro e fenomenal cruzar o céu em alta velocidade, deixando um rastro de luz que rapidamente desaparece. Uma estrela cadente.

— Talvez seja outro alien que vai cair na Terra pra aprender a amar.

— É, talvez. Mas este ainda não sabe amar.

— Tudo bem, não tem problema. Fez um desejo?

— Sim. Apesar de esta crença não ser realista, sim.

— Qual foi?

— De permanecer na Terra para sempre. E se tornar humano.

REVELAÇÃO.

9 de dezembro

Marina e Leo olham para ele, em choque. Alien murmura:
— Por favor, que Marina e Leo não odeiem este.
Então Leo exclama:
— SEU IDIOTA! COMO VOCÊ OUSA?!
— Ousar o quê?
— Primeiro, pensar que a gente poderia te odiar! Segundo, esconder isso de nós por tanto tempo! — ele bufa, indignado.
— Eu achei que fôssemos seus amigos! — exclama Marina, agora parecendo triste. Isso parte o coração de Alien.
— São! Este apenas pensou que...
— Pensou nada! Olha aqui, me escuta! — E Leo colocou a ponta do dedo no peito dele, com um olhar sério no rosto.
— Você nunca mais esconde uma coisa dessas da gente, beleza? Ou eu te mato. Com as minhas muletas.
— ... já que a gente tá revelando segredos... — murmura Cássio, se adiantando. Ele roça de leve a mão de Alien, fazendo um arrepio passar por seu corpo. — Eu e o Alien tamos... ficando.

Um silêncio ainda mais mortal percorre a sala. Cassandra, que até o momento só estava observando sentada, arregalou os olhos. Isadora, que comia escondido um saquinho de *marshmallows*, parou. Gabriela foi a única sem entender e, assim que Isadora sinalizou o que haviam dito, a loira soltou um suspiro de surpresa e levou as mãos à boca.

Leo e Marina se entreolharam. Leo deu um sorriso meio sacana. Marina, de repente, quebrou o gelo e exclamou:

— Ê, *pegador!*...

RELIGIÃO.

13 de dezembro

— Este viu bastante coisa sobre religião durante o tempo deste na Terra. — Ele para e olha para o grupo. — Em que religião os amigos acreditam?

— Eu sou católica, mas a gente não vai muito à igreja. A minha avó também adorava contar histórias xintoístas, budistas e indígenas, então acho que cresci com um pouco de tudo isso também. — diz Cassandra.

— Eu sou agnóstica, mas minha mãe é evangélica, então a gente vai no culto todo domingo. Eu venho tentando convencer ela de que sou velha o suficiente pra poder ficar em casa sozinha, já que ela me deixa sair sozinha o tempo todo. — fala Marina.

— Eu curto a ideia de paganismo, mas, no momento, eu sou ateu. Quem sabe um dia. — Leo dá de ombros.

— Eu gosto de experimentar! — finaliza Cássio. — E você, Alien? Acredita em alguma coisa?

— ... o Organismo sempre desprezou as religiões de todos os outros povos por acreditarmos puramente na ciência. Porém, quanto a somente este como um indivíduo... este não sabe. Mas, caso algumas religiões estejam certas, este vai para o inferno.

Todos olham para ele, com confusão e um certo horror em suas faces. Marina exclama:

— Quê?! Por quê?!

— Porque este sempre foi ruim quando estava no Organismo e foi ruim a maior parte do tempo em que esteve na Terra. Este concordou com assassinatos e genocídios.

— Para com isso!! — exclama Marina, com a voz embargando. — Você nunca participou de nenhum deles, né?! Não como indivíduo!! Você nem teria a chance de protestar na porra de uma mente coletiva! E, agora, você se arrepende muito e se esforça todos os dias pra ser uma boa pessoa!! — Então ela limpa os olhos rapidamente. — Desculpa o choro, acho que tô de TPM.

— Concordo com a Mari. — diz Cassandra, se levantando. — Como católica e como sua irmã, eu decreto agora que, aconteça o que acontecer na vida após a morte, você não vai pro inferno. Nem o papa pode retirar minha palavra agora!

— *É isso aí!* — exclama a vozinha de Isadora a alguns metros dali.

PROTEGER A VIDA.

20 de dezembro

— ARANHA!!! — berra Cássio, levantando-se.

— AAAAH, DEMÔNIO!! — Leo se ergue em suas muletas em uma velocidade inacreditável, encarando com horror o aracnídeo no chão.

— MATA! MATA!! — grita Marina, correndo para cima do sofá.

Cassandra cata um sapato aleatório no chão e joga na direção da aranha, mas não a acerta. Ela tenta com outros sapatos, mas a aranha segue invicta.

— EU VOU ESMAGAR ELA COM A PONTA DA MULETA!

— ISSO, BOA!

— VAI LOGO!

— NÃÃÃÃÃÃO!

De repente, Alien se coloca na frente deles. Ele parece irritado.

— NINGUÉM AQUI VAI MATAR ARANHA NENHUMA! — ele exclama. Então a pega com cuidado nas mãos e leva para fora. Ao abrir a porta, ele bufa: — Francamente, este não esperava um comportamento tão medroso da parte de amigos!

Ao sair de lá, ele gentilmente coloca a aranha de volta na natureza e sorri para ela. Desde o dia em que chorou pela primeira vez, Alien sentia que a vida era a coisa mais preciosa do universo e nunca poderia ser tirada.

NATAL. NOMES.

25 de dezembro

— Feliz Natal! — exclama Isadora, dando para ele três embrulhos.

— Este agradece! O que é isso?

— Ah, qual é, você assistiu um filme de Natal na semana passada comigo, tem que saber! São presentes! Esse aqui é meu e da Sandra, esse, da Gabi e da Mari, e aquele ali é o do Cássio! Os três passaram o Natal fora da cidade, então me pediram pra entregar os seus presentes! Ah, e o Leo tá aqui também!

Dito e feito: no mesmo instante, Leo emerge da porta com um presentinho.

— Opa, e aí? Só passei pra te dar esse presente, vou vazar rapidão.

— Não precisa, pode ficar. — diz Alien, sorrindo, mas logo sua expressão cai. — Este se sente mal por não ter dado nenhum presente a ninguém.

— Não tem problema, é seu primeiro Natal! Considera como um brinde! O primeiro é grátis!

— Grátis?

— Porque você não gasta dinheiro nenhum comprando presente.

Os presentes são: um exemplar de *Dom Casmurro* ("a Sandra acha que traiu, mas ela queria saber sua opinião, seja lá o que isso signifique"), uma caixa de sementes de flores, um box contendo três DVDs de filmes de terror e um livro intitulado *Os melhores nomes para bebês*.

— Esse aí é meu. — diz Leo, sorrindo. — Você disse que queria um nome além de Alien, achei que pudesse ajudar.

— Mas Alien é perfeito! Eu que dei!

— Este agradece. Por curiosidade, como Leo descobriu seu nome?

— Sei lá, eu só... sabia. Não tem que ter um significado a mais sempre.

— Este entende.

— E também era o nome da minha Tartaruga Ninja preferida.

ANO NOVO. VAGA-LUMES. SUBIR EM UMA ÁRVORE NO TOPO DE UM MORRO. FOGOS DE ARTIFÍCIO.

31 de dezembro

Alien está escondido um pouco longe, em meio à grama alta, na forma de um gato selvagem, observando as pessoas. Estava acontecendo uma festa de Ano Novo no alto do morro de várias famílias cujos filhos eram amigos, mas ele não se sentia bem-vindo. Cuidadosamente, calculou cada passo para não fazer barulho e parou ao ver uma estranha luz pousando em seu focinho.

Um vaga-lume. Ele bateu de leve as asas antes de voar novamente, juntando-se a outros de sua espécie que Alien só então percebeu. Parecia um cenário místico que ele não se lembrava de ter visto em nenhum outro lugar, com estrelas flutuando ao alcance dele.

Alien se esgueirou até uma árvore um pouco mais próxima das famílias e subiu até os galhos mais altos. Assim, coberto por uma camada de folhas, não o veriam. Ele passou o tempo admirando a vista da cidade, cujas luzinhas a faziam parecer de brinquedo. Ou uma decoração de Natal.

Então vieram os fogos de artifício.

Foi uma das coisas mais maravilhosas que ele já presenciou em toda a sua vida. A cada explosão, surgiam cores brilhantes que se abriam no formato de flores e estrelas e, apesar do barulho ensurdecedor, Alien não recuou e ficou lá, vendo o florescer de novas cores e luzes até o final.

REJEIÇÃO SOCIAL.
IGNORAR. DANÇAR.

7 de janeiro

— Só uma pergunta, por que estamos fazendo isso mesmo? — murmura Leo, franzindo a testa.

— Porque o Alien insistiu e ele nunca tinha dançado antes, então...

— Mesmo correndo o risco de 99% de certeza de que vamos sofrer humilhação pública?

Uma espécie de boate para adolescentes foi aberta na cidade. Era bem pequena e simples, mas Alien ficou maravilhado com a ideia e queria porque queria ir à noite de abertura. Todos foram com ele por perceberem que, se fosse sozinho, ele seria *destroçado* pela horda cruel que são os adolescentes.

Imediatamente, ao entrarem no local, o mundo pareceu parar para olhar para eles, mesmo com a música tocando e as luzes coloridas. O grupo de quatro humanos já era conhecido pelos adolescentes (geralmente como "esquisitos", "nojentos", "satanistas", "palhaços de circo", "retardados" ou, os preferidos deles, "as bichas" e "os viados") por não se encaixarem muito bem em rótulos sociais comuns na cidade, e a adição de Alien hoje tornou os sussurros ainda mais altos (sério,

se você vai falar mal de alguém pelas costas, pelo menos tenha a decência de fazer isso *baixo*):
— Quem é aquele ali?
— Será que é novo na cidade?
— Se for, o que ele tá fazendo com... *eles*?
— Eu já vi ele antes, é aquele cara esquisito!
— Aquele que passou vergonha em público?
— É, ele mesmo!
— Eu passei perto da casa do Cássio uma vez e vi eles se *beijando*!
— Ah, tá explicado, então! Eles se merecem!
Ao andar, Alien notou o quanto seu grupo de amigos se fechou em si mesmo. Cassandra apertou firme a mão de Marina e parecia estar com medo pela primeira vez desde que a conheceu. Marina, por sua vez, encarava o chão. Cássio tentava andar com firmeza, mas seus olhos se desviavam para a multidão e suas mãos tremiam. Leo encarava a todos com ferocidade, como se os desafiasse a falar mal de seus amigos na sua cara enquanto ele estivesse ali.
Alien, pela primeira vez, entendeu o que é rejeição social. E sabe o que mais ele entendeu?
Que estava *pouco se fodendo* para a opinião dos outros.
— Não devem ligar. — ele murmura para seus amigos. Talvez sua imunidade à pressão social viesse do fato de não ser dessa cultura e não saber o valor que ela tem entre os humanos. — Se não se mostrarem intimidados, o agressor perde o poder que tem sobre a vítima. Ele precisaria de mais força, coisa que eles não têm. Este presenciou isso no Organismo.
— ... mas é difícil. Dá medo.
— Este vai mostrar como superá-los.
Ele se coloca na frente deles e, para todos verem, começa a dançar.

E, céus, é *terrível*. Ele é muito desengonçado (mesmo já conhecendo o corpo humano, ele ainda é *péssimo* na coordenação motora), atrapalhado, e mistura vários estilos em um só, ousando até uns passos da dança da Wandinha (Gabriela o forçou a assistir a série e ele até que gostou, só ficou preocupado que ela estivesse vendo algo tão sangrento aos nove anos), mas pelo menos ele está se divertindo. Todos riem, incluindo seus amigos, cujo riso é o único com o qual ele se importa. No fim, todos no lugar se soltam e voltam ao clima de baladinha, e Alien encoraja seus amigos a dançar.

Ele dança com todos eles. É engraçado, divertido, e isso lindamente os conecta, como se fios vermelhos surgissem na sua visão e os unissem, como naquela lenda. Quando seus corpos se tocam, ele não pensa em mais nada no mundo, apenas em sua irmã, em seus amigos, em seu namorado e naquelas duas menininhas adoráveis que ele sabe que adorariam dançar com ele. E, para Alien, aquilo é o suficiente.

VOCÊ É ESPECIAL.

12 de janeiro

Alien estava preocupado com Cássio. Na última semana, ele tinha estado um pouco depressivo e autodepreciativo, então pediu para que todos passassem mais tempo com seu namorado, e ele mesmo o fez. Geralmente, Cássio tinha isso — altos e baixos —, e costumava ter um espaço de dois meses entre eles, além de uma curta crise depressiva.

— Obrigado por tentar me animar. De verdade. Mas o nosso lance não vai durar muito.

Alien parou.

— O quê?

— Eu te amo. De verdade. Mas eu não sou especial. Nunca vou ser. Você devia experimentar paixão com alguém melhor do que eu.

O silêncio durou alguns momentos.

— Se os elementos químicos do universo fossem menos estáveis, a vida não seria possível. Várias circunstâncias muito específicas teriam acabado com a chance de qualquer ser vivo existir.

— Por que você tá falando isso?

— Porque trilhões de partículas viajaram bilhões de anos, desde o início do universo, apenas para criar Cássio. Isso significa que, considerando tudo isso, Cássio já é especial, extraordinário e único apenas por ter nascido neste universo. Cássio não precisa ser ninguém além de si mesmo para ser merecedor de todo o amor do mundo.

Os olhos de Cássio salpicaram-se de lágrimas.

— Essa foi a coisa mais bonita que alguém já me disse...

— Foi?

Ele o abraça.

— Você é o melhor namorado do universo. — Então levanta a cabeça. — Tipo, a gente tá namorando, né? Dá pra chamar esse rolo que a gente tem de namoro?

— Dá, dá sim. Na verdade, este pensou que já estava óbvio.

Cássio ri e o beija.

PLANEJAMENTO DA VIAGEM.
CADERNO. RECORTES.
CARACTERÍSTICAS HUMANAS.

19 de janeiro

Gabriela jogou no chão uma massa de revistas, recortes e fotografias e exclamou, movendo as mãos pequenas de forma cansada após carregar aquilo tudo:

— Pronto! Isso foi tudo o que eu consegui achar lá em casa!

— Está ótimo, este agradece muito.

— Essa ideia de usar esse seu caderno pra registrar o que você quer fazer foi muito legal!

Estavam fazendo recortes no caderno para ajudar Alien a fazer algo que vira na internet: visualizar seus sonhos. Ele não tinha ideia da maioria das coisas que queria fazer, então estava colando tudo o que conseguia imaginar. A maioria era de revistas de viagens em relação a lugares que ele tinha vontade de ir e coisas que queria comer e experimentar, além de fotos de aviões, bicicletas, patins, patinetes, carros, barcos, trens, skates e todo tipo de meio de transporte possível. Ele queria aprender a conduzir todos.

— Ei, acho que tem um pouco mais de revistas lá embaixo! Vamos! — diz Isadora, e ela e Gabriela partem escada abaixo.

Cassandra, que toma um suco de melancia, passa pela porta e pergunta:

— Como é que tá indo?

— Muito bem. Isadora e Gabriela são muito prestativas.

— Sempre foram. Agora — ela diz, pegando uma lista no chão —, o que é isso?

— Uma lista das características humanas que Alien percebeu. Existem em outras espécies, mas se destacam bastante na cultura humana.

ESPERANÇA.
GENTILEZA.
LEALDADE.
IMAGINAÇÃO.
HUMOR.
EMOCIONALIDADE.
CURIOSIDADE.
IMPREVISIBILIDADE.

— Esperança você tem, não tem?

— Não. Mas este quer muito permanecer na Terra. É o suficiente para ser considerado esperança?

— Acho que sim. Você é gentil e leal, aquela vez que você intimidou os babacas que bateram no Leo deixou isso claro.

— Cassandra está sendo... e-espere, este não faz ideia do que Cassandra está falando!

— Ah, por favor, é óbvio que foi você. Enfim, sua imaginação realmente tá em falta, mas você ri de mais coisas do que qualquer um que eu já vi.

— Este ainda não compreende bem o humor, mas vai descobrir como funciona.

— Emocionalidade você tem de sobra. Você é a pessoa mais curiosa que eu já vi e... tá, você é meio previsível, mas quem não é?

— Nenhum humano é. Sua cultura e hábitos são tão estranhos e pessoais que é impossível prever o seu próximo movimento. — Seus olhos brilham. — Este quer ser assim um dia.

AMOR.

31 de janeiro

— Aí! Alien! Desce logo! Todo mundo já chegou pra festa do pijama!! — grita Cassandra.

— Este já vai!! — ele responde, fechando o caderno grosso em que estava escrevendo e sorrindo. Ele passa ao lado de um quadro com um minúsculo ponto cinza no centro e centenas de listras coloridas ao redor.

De última hora, o pai das meninas teve que ir visitar sua irmã que morava em Belo Horizonte e, após muitos pedidos de desculpa, deixou Cassandra cuidando de Isadora. Então ela aproveitou para fazer, escondido, uma festa do pijama com seus amigos, e também para comemorar o "aniversário" de Alien, já que, um ano atrás, ele havia caído na Terra. Ela mal podia acreditar que aquela gosma cinzenta e seu irmão eram a mesma criatura.

Falta pouco para o anoitecer e, quando abrem os sacos de Cheetos, Cassandra murmura:

— Pelo menos não vou ter que dividir contigo um único Cheetos, né, Mari?

— Ah, para, você gostava!

— É, mas a gente fazia isso com *todas as comidas,* até eu ficava com vergonha às vezes.

— O Alien tá parecendo meio confuso, então, só pra constar, a gente ficou uma vez.

— ... e após isso, Cassandra e Marina continuaram a ser amigas?

— Claro, ué. Uns amassos que não deram certo não vão estragar tudo.

Mais tarde, eles o surpreendem com um pequeno bolo com uma vela de comemoração de um ano em cima. Ele pergunta, confuso:

— Por que, se este tem dezesseis anos terráqueos de vida?

— Porque é o primeiro aniversário que você comemora e o primeiro desde o dia que você caiu na Terra!

— Vai, sopra a vela!

Ele assopra e, apesar de saber que é algo bobo, faz um pedido. Alien quer saber o que é amar.

Algumas horas depois, começa a sessão de filmes de terror. Eles fizeram aquilo uma vez no Halloween, e o resultado foi tão traumatizante (mas divertido) que decidiram repetir só um tempo depois. Quanto a Isadora e Gabriela, elas ficaram debaixo do cobertor assistindo desenhos animados no celular, então estava tudo bem com as duas.

Algumas coisas que ocorreram durante a sessão dupla de *A Volta do Mal*:

— Esse sangue é rosa, muito falso — ri Alien.

— Ah, cala a boca, você fica se cagando de medo durante as cenas de terror psicológico.

— E quem não fica...? Pausem! — Então ele sai correndo escada acima e volta um minuto depois com um sorriso gigante no rosto. — Podem continuar.

— O que houve?

— Amigos descobrirão amanhã.

— Por que eu concordei com isso, por que eu concordei com isso...?

— Mari, que neura é essa, tá só mostrando o corredor! — reclama Leo.

— AAAAAAAAAAAAAAH! — berra Cássio. — Não me encosta, que eu fico nervoso!!

— Mas você tá no celular!

— É que minha mãe me ligou umas quatro vezes...

— FU-

— Alguém quer pipoca? Eu vou fazer mais pipoca...

— Sandra, cê nem tá assistindo o filme direito! Uma hora saiu pra pegar água, outra, o ventilador, outra, pra carregar o celular...

— É que esse aí eu já vi.

— E quem é o protagonista?

— O demônio.

Ao final, todos dormiram juntos no chão, pois, por mais corajosos que alguns fossem, filmes de terror sempre deixam o psicológico um pouco impactado na hora de dormir. Alien, por algum motivo — certamente não por medo do filme —, ficou acordado durante um tempo com os olhos fixos no teto. Logo, pôde ouvir a respiração suave e relaxada que saía do peito de cada um dos seis humanos adormecidos ao seu lado.

Por um único e breve instante, ele tem um pensamento que não tinha há meses: *seria tão fácil matá-los.*

Mas ele não o faz. Ele nunca o faria. Porque ele não é assim.

Pelo contrário, na verdade, uma sensação macia de calor envolve seu corpo inteiro junto a uma espécie de pensamento de que deve proteger essas pessoas, esse momento, pra sempre. Ele sente um afeto tão grande por aqueles seis, uma gratidão, uma vontade de fazer o melhor para que sejam felizes que mal cabe em si e ele quer derramar sobre o mundo. Fica indignado com a ideia de que aquilo não é sentido em relação a eles por todos os seres do universo. Porque, para ele, aqueles seis jovens humanos são o seu universo.

Ah... ele pensa, e um sorriso brota de seus lábios. *Então isso é amor.*

Ele fecha os olhos e se deita na escuridão e na segurança do lar.

Quando ele os abre novamente, há alguma coisa errada. Ele escuta o som das pás da hélice de um helicóptero. *Não há helicópteros em Belezas Ocultas.*

Talvez ele tenha desenvolvido o chamado *instinto* que os humanos diziam sentir. Ou podia ser um mau pressentimento. Ou talvez ele só estivesse muito paranoico e protetor, porque ele foi até a janela e olhou.

Melhorando seus olhos, pôde ver a sigla inscrita no helicóptero. Pertencia ao governo dos Estados Unidos. *Realmente* havia alguma coisa errada. O que caralhos um helicóptero dos EUA estaria fazendo sobre uma cidade do interior brasileiro no meio da noite?

Ele aprimora os ouvidos tanto, mas tanto, que consegue captar frequências de rádio com sua audição. E o que escuta não é nada bom.

Estão caçando-o. Eles o descobriram.

Ele acorda seus amigos e diz:

— Estão caçando este.

Quase como para confirmar o que acabou de dizer, uma voz ecoa pela casa, projetada de cima por um alto-falante e com um forte sotaque estadunidense:

— *ALIENÍGENA, RETIRE-SE DA CASA AGORA OU ELA SERÁ DESTRUÍDA! VOCÊ TEM UM MINUTO!*

— O que a gente faz?!

— O que tá acontecendo?!

— Eu não sei! Eu não sei!

— Calma! Calma! A gente tem um plano... alguém me diz qual é o plano?!

— Este teve uma ideia! Este pode fingir que tem amigos como reféns e dizer que irá matá-los caso não deixem este ir!

— ... tá, é a única coisa que a gente tem, a não ser que alguém tenha mais alguma ideia! — Silêncio. Cassandra suspira. — Tá, vamos apelar pra atuação barata, mesmo.

Alien faz a sua melhor voz de abominação sobrenatural horrível do espaço e diz, em alto e bom tom:

— *Caso não deixem este sair da cidade em total segurança, este matará os filhotes de humanos fracos que tem em mãos.*

Eles estão andando em uma fila, com Alien atrás de todos eles. Estes não conseguem vê-lo. Ele transfigurou seu braço em uma espécie de tentáculo que acaricia gentilmente o pescoço de seus amigos, mas, do lado de fora, pareceria que ele os sufocava ou coisa assim, então fizeram a melhor cara de dor possível. Os homens no helicóptero fitam Alien de olhos arregalados, então os adolescentes só podem supor que ele tenha assumido uma forma muito horrível.

Ele os segura com delicadeza no ar, acima da rua, e começa a saltar sobre as casas, indo em direção aos limites da cidade. Lá a estrada não tem iluminação e será mais difícil caçarem-no se Alien se mantiver em uma forma pequena.

Assim que se colocam no meio da estrada escura, ele garante que seus amigos estão em segurança e, em seguida, corre pelo campo aberto, desesperado. Ele sabe que, se o capturarem, ele passará o restante de seus dias miseráveis em uma cela de algum porão do governo estadunidense sendo estudado por pessoas horríveis e nunca mais verá o sol, as flores ou as pessoas que ama. Ele prefere morrer a deixar isso acontecer.

De repente, ele tropeça. No meio do escuro, nem percebera que parara no exato ponto da estrada no qual Cassandra e Isadora o haviam encontrado pela primeira vez. Ele acabara de tropeçar nos restos antigos de sua nave, que agora tinha a maior parte enterrada e coberta de grama e terra devido ao tempo que se passara. Ele se lembra do plano de se transformar em um animal pequeno e está prestes a fazer isso quando, de repente, uma luz se acende.

Ele olha para cima esperando ver o helicóptero, mas o que vê é muito, muito pior. Uma espécie de portal havia se aberto e dele saía uma luz artificial que ele conhecia muito bem e que mostrava uma forma mutável de massa grande, cinzenta e borbulhante.

— Não. — ele murmura, em choque e horror. — Isso é impossível...

O Organismo está aqui. E quer pegá-lo de volta.

O Organismo reproduz um ruído incompreensível para ouvidos humanos, porém, para ele, soa como algo similar à frase:

    Venha e junte-se a nós.

Alien se surpreende:

    — *Mas como?*

  — *Esta é uma versão do Organismo do futuro, no qual descobrimos o poder da viagem no tempo. A usamos para pegar de volta dois outros fragmentos, e agora pegaremos este.*

    — *Os dois fragmentos desaparecidos?*

    — *Correto.*

    — *O que fizeram com eles? Eles não caíram em planetas com vida?*

— *Correto. Eles resistiram, mas, após o Organismo destruir os seus corruptores que lhes causaram emoções e os integrar à força novamente, eles foram restaurados à sua forma original.*

    — Não — Pensa ele, em pânico. — Não...

    — *Venha e junte-se a nós.*

    — **Não!**

  — *Não? Este fragmento também foi corrompido? Há humanos próximos. Eles devem ser destruídos para a reintegração do fragmento.*

Com horror, ele percebe que estão falando de seus amigos ali perto. Se ele se recusar a ir, será reintegrado à força e seus amigos morrerão. Se ele se oferecer...

(Neste momento, ele sente todas as memórias que considera preciosas passarem por sua mente.)

Farelos de broa de milho descem por sua garganta. Seus dedos roçam as folhas do galho, em fascínio. Ele decide algo pela primeira vez ao pular naquela poça de chuva e molhar os pés e joelhos. Jogando balões d'água sobre Cássio, ele o escuta rir e vê seu lindo sorriso pela primeira vez. O arrependimento toma conta de sua alma enquanto ele escreve a palavra "desculpa". Ele se torna cúmplice de Isadora e Gabriela quando o chocolate derrete na sua boca. A menina o abraça pela primeira vez e o envolve em um aperto gentil e bem-intencionado. Sua boca se abre para soltar uma respiração falsa e em seguida uma gargalhada para a primeira piada que escuta de Marina. A flor que ele desenha graças à guia precisa que é a mão de Leo. O êxtase que sente ao ouvir a *Divina donzela da devastação* pela primeira vez. A última vez que conversa com Luzia. A sua compreensão definitiva do que é tristeza. As confidências no frio da casa de Cássio. Quando, de modo protetor, defende Leo. O orgulho que sente por Isadora ao vê-la lutar pelo que acredita. O aniversário de Marina. A beleza dos movimentos de Gabriela, Cássio e Isadora no palco. A percepção de que ele pode, sim, ser bom. Os beijos apaixonados com seu namorado. E esta noite.

    Cada sensação, cada emoção, alegria, dor, tudo pelo que passou desde que pisou neste planeta vem à sua mente agora. Ele percebe somente agora que o tempo todo se sentiu vivo e que não trocaria isso por nada.

    E sabe que, se ele se entregar, irá desistir para sempre de ser humano.

Ele se lembra da história da Princesa Kaguya que Luzia lhe contou. Talvez eles sejam realmente parecidos, mas o final dos dois não será igual.

Ele escolheu viver como humano e escolhe morrer como humano.

Ele se vira para seus amigos. O choque e o terror perpassam seus rostos, e ele se odeia amargamente por fazê-los sofrer ainda mais.

Nesse momento, ele percebe que, além de ter amado muito, também foi muito amado. E agradece a eles por isso.

Ele grita, sorrindo, com dor e lágrimas escorrendo de seu rosto:

— ESTE PEDE DESCULPAS! POIS NÃO VAI PODER REALIZAR SEUS SONHOS AO LADO DE AMIGOS! PARA SALVAR AMIGOS, ESTE PRECISARIA DEIXAR DE SER HUMANO, MAS ESTE PREFERIRIA MORRER A ISSO!

— O quê...? Ah, não, não, *não, não, NÃO!* — berra Cassandra.

— ALIEN! — grita Isadora, chorando.

— ESTE AGRADECE POR CADA MOMENTO VIVIDO NA TERRA E PEDE PARA QUE AMIGOS NÃO SE ESQUEÇAM DESTE, POIS, ASSIM, ESTE VIVERÁ COM AMIGOS DURANTE SUAS VIDAS INTEIRAS! O VERDADEIRO NOME DESTE ESTÁ NA ÚLTIMA PÁGINA DO CADERNO NO SÓTÃO! E LEMBREM-SE: — Ele engole seco e fala apenas alto o suficiente para que eles ouçam. — Este os ama.

Então ele fecha os olhos.

O único jeito de matar uma parte do Organismo é caso ela tente transformar todas as suas células naquelas de outra espécie, indo contra sua natureza fluida.

Ele decide aproveitar a respiração uma última vez enquanto a humanidade começa a modificar por completo seu corpo. Ele sente cada célula mudando e fica feliz em saber que morrerá em sua forma verdadeira. Ao final, seu coração dá sua primeira e última batida real.

Este viveu.

Seu corpo cai no chão, morto.

— *NÃO!*

Ninguém sabe de quem é o grito choroso e de cortar o coração que rasga aquela noite.

O Organismo vai embora e os helicópteros chegam. Eles levam o corpo dele enquanto, como covardes, mandam que homens adultos segurem as crianças desesperadas que tentam alcançar os restos mortais de seu amigo:

— ME SOLTA! ME SOLTA!!!

— SEUS PUTOS!! ISSO É CULPA SUA!!! É CULPA SUA!!!

— ELE ERA MAIS HUMANO QUE TODOS VOCÊS, SEUS MERDAS!!

— SOLTA O MEU IRMÃO! *SOLTA O MEU IRMÃO!!!*

Cassandra é a única a não se mover. Ela encara o corpo até que ele suma de sua vista. Então cai de joelhos e solta um urro de dor tão desesperado, brutal e cru que ressoa nos ouvidos de todos e faz até o mais frio dos soldados parar um instante, pois o lamento daquela menina pela perda de um amigo, um companheiro, *um irmão,* é pior do que qualquer coisa que eles tenham ouvido e que jamais ouvirão. Então ela se levanta, com lágrimas silenciosas escorrendo por seu rosto, e agarra o pulso do homem que segura Isadora, que esperneia, e lhe dá o olhar mais gelado e assassino que poderia existir no mundo:

— Solta a minha irmã. — Sua voz está rouca e nua, como se não falasse há dias. — Vocês já tiraram alguém da minha família hoje. Não vão encostar em outro.

O homem é intimidado pela presença da adolescente e solta a menina, que pula no colo de sua irmã para abraçá-la. A criança soluça, murmurando:

— Quero... ele... de volta...

— Eu também quero, Isa... — ela murmura, abraçando-a mais forte do que qualquer um poderia.

Os soldados tentam fazê-los falar alguma coisa, mas nada sai. Nem as ameaças funcionam. Eles não falariam nada sobre o garoto que amavam e que só queria poder viver como um humano. Por fim, eles apenas recebem um aviso para nunca falarem nada para ninguém sobre tudo aquilo.

Que idiotas. Aqueles seis já haviam concordado que Alien seria um segredo que ficaria entre eles para sempre, pois ele mereceu o mundo, mas o mundo não o mereceu.

Quando são liberados para voltar para casa, já está quase amanhecendo. Eles voltam andando, destruídos pelo trauma de verem seu amigo morrer na sua frente, e entram na casa. Ainda está tudo arrumado como na festa do pijama. No entanto, isso parece ter sido há tanto, tanto tempo...

Isadora sobe as escadas:

— Quero saber o verdadeiro nome dele.

Todos a seguem, já que estão incertos sobre o que fazer agora. Lágrimas caem sobre as páginas grossas de tantos recortes. Chegam à última página. Lá, ao lado de um pequeno desenho um pouco feio, está o nome.

Ela ri baixinho enquanto os olhos se enchem com mais lágrimas.

— Lírio... — a menina diz, sorrindo com as bochechas encharcadas. — É meio esquisito. É quase feio. Mas é lindo pra ele. Só mesmo esse alien pra pensar num nome desses e ainda combinar...

A partir daquele dia, qualquer um que andasse por aquela estrada poderia ver, muito distante do caminho, uma pequena concentração de lírios em meio a restos metálicos enterrados.

SONHOS

Ele está sentado na mesa daquela pizzaria. É o único lá. Ela se aproxima, incerta.

— Lírio?

Ele se vira. E então sorri.

— Marina.

Ela se senta. Há dois pratos com pizza na frente deles.

— Como Marina está?

— Como eu tô?! Você morreu literalmente ontem!

— Este sabe, este só estava tentando ser educado.

— ... eu sei que a gente não era tão próximo, mas... você era meu amigo. Vou ficar com saudade.

— Este também vai. Este a amou.

— ... obrigada por me aceitar. Sabe, do jeito que eu sou.

— É isso o que amigos fazem, afinal.

— Pra onde você vai, depois daqui?

— Visitar Leo. Há uma arte que deve ser finalizada. Este vai apenas terminar a fatia de pizza com Marina para ir.

— Não quero comer essa pizza.

— Por que não?

— Porque, se eu terminá-la, você vai embora.

— Este vai embora de qualquer jeito. Isso é apenas para ter um último momento agradável com Marina.

— ... tudo bem, então.

Eles terminam de comer a pizza.

— O carro deste está esperando.

— Você tem um carro?!

— É uma carona, na verdade.

— Quem tá dirigindo?

— Ninguém. Isso é que é esquisito. Esse lugar é cheio de coisas impossíveis.

Então ela o abraça.

— Vou sentir muito a sua falta...

— Este também. Mas, sempre que Marina comer uma pizza, este estará lá.

Ela chora ao vê-lo entrar no banco de trás do carro.

— ... você não tá vivo, tá?

— Não. Este só veio visitar.

— Quer... fazer arte nessa parede?

— Sim, por favor.

Ele se aproxima e pega a garrafa de spray no chão. Leo murmura:

— Eu nunca achei que tinha... qualquer coisa, na verdade, depois de morrer.

— Nem este. Muito menos que seria tão familiar.

— Eu... perdi uma pessoa, uma vez. Uma amiga. — Ele para. — Não quero perder você também, Lírio.

— Fique com o quadro que este pintou. Está no sótão. Dessa forma, Leo se lembrará que este está com ele o tempo todo.

— ... terminou o seu desenho?

— Sim.

Ele o abraça.

— Prometo que, um dia, eu vou te encontrar.

— Este tem certeza disso.

— Cala a boca. Encontrou com todo mundo ou foi só comigo?

— Este agora irá ajudar Gabriela na prática de balé.

— ... te vejo um dia, cara.

Ele sobe no skate e, quando o vê sumindo pela rua, Leo desmorona.

Assim que entra na sala de balé, Gabriela começa a chorar.

— Por quê?! — ela pergunta, com as mãos trêmulas.

— Que pegadinha cruel é essa?! Alguém quer que eu sofra mais ainda?!

— Não, claro que não! — Ele chama a atenção dela para suas mãos. — Este só quer passar um último tempo com Gabriela. Gabriela não deve pensar que é uma despedida eterna. Este apenas vai numa longa viagem e, um dia, a reencontrará.

— ... tá bem. — Ela pega a mão dele.

Ele a ajuda com uma coreografia que ambos já conhecem de cor. Os comentários dele são mais delicados e precisos e, quando ela tem uma crise de choro no meio do treino, ele a ajuda a se acalmar. No final, ela executa perfeitamente cada passo da música e ele a aplaude. Ela pergunta:

— Aonde você vai agora?

— Este se encontrará com Cássio. Uma última vez.

Então, com as lágrimas ameaçando sair de novo, ela o abraça.

Quando ele sobe no ônibus vazio, imediatamente corre para a parte de trás para dar tchau a ela, acenando até ficar pequeno demais para que a menina possa ver.

— ... tchau, Lírio.

— ... SEU IDIOTA! — berra Cássio, correndo até o centro da praça e pulando sobre seu namorado, depois chorando em seu ombro.

— Por que este seria idiota?

— Como você ousa simplesmente *morrer*?! Você podia ter ficado!! Nós íamos te proteger!

— Se este ficasse, o Organismo mataria amigos e, mesmo se se entregasse, o Organismo tiraria deste tudo o que o torna Lírio.

— Mesmo assim! Nós íamos te fazer lembrar! Alguma coisa! *Qualquer* coisa!

— Seria impossível. De qualquer forma, este veio aqui não para discutir, mas para que este e Cássio possam recriar a cena da primeira vez que se encontraram.

— ... você tem balões d'água aí?

— Um monte.

Eles não sabem quanto tempo se passa enquanto jogam balões um no outro e riem, completamente molhados, se beijando. Ao final, os dois se deitam no chão, exaustos, e Lírio fala:

— Este quer que Cássio siga em frente.

— Eu nunca vou seguir em frente.

— Vai, sim. E deve, em nome deste, achar outro homem que seja capaz de fazê-lo o mais feliz do mundo, pois este não aceitará menos que um possível parceiro para Cássio.

Cássio enrola seus dedos nos dele.

— ... não quero que você vá.

— Este também não quer ir. Mas precisa.

Eles se levantam e trocam um último beijo molhado. A água do rosto de Cássio se mistura às lágrimas enquanto ele o vê partindo de patins.

— Gostaria de dançar? — Ele estende a mão.

— ... você vai embora. — a menina murmura.

— Só depois que Isadora aceitar a dança. Por favor, Isadora. Este gostaria de um momento belo com cada um dos amigos antes de partir, e esta é a vez de Isadora.

Então ela, hesitante, pega a sua mão. Pela primeira vez desde que a conhece, ela está muito silenciosa. Os pés dela estão sobre os seus e ele dança uma espécie de valsa lenta pelo sótão. O chão de madeira range sob o peso dos dois juntos. Lírio limpa com cuidado cada lágrima que sai dos olhos da pequena, que mal se move.

— Eu amo você. Muito.

— Este também ama muito Isadora. E este... gostaria de pedir uma coisa.

— Fala.

— É comum nas mídias crianças que viveram experiências surreais confundirem essas experiências, na vida adulta, com sua própria imaginação. Por favor, Isadora, não pense neste dessa maneira.

— Nunca. Você é meu irmão. Eu nunca vou esquecer de você ou pensar que você não foi real.

De repente, ele para e pergunta:

— Tudo bem por Isadora parar agora? Ou gostaria de dançar mais um pouco?

— ... não. Tudo bem.

Eles descem as escadas, e então ele para na frente do patinete, pois sente a mãozinha em seu pulso.

— O que houve?

— Lírio... você vai continuar do nosso lado, né? Tipo... o Penadinho?

— Se Isadora quiser, este vai.

— Eu quero!

Ele sorri do jeito contido e sincero que só os sorrisos dele têm.

— Então é o que acontecerá.

Ele beija a testa dela, a abraça e parte, deixando um pequeno coração aos pedaços que o vê virar a esquina.

— ... eu tô com uma impressão.

— Qual seria?

— De que eu sou a última pessoa que você tá vendo hoje.

— Está correta. Como Cassandra adivinhou?

— Porque, no fim do dia, você vem correndo pra sua irmã contar tudo o que acontece. Sempre foi assim.

— Este pede desculpas por jogar mais responsabilidade sobre Cassandra.

— Não precisa. Eu sempre fui a mais responsável de todos vocês, mesmo.

Estão naquela cratera onde se conheceram, porém, desta vez, uma delicada camada de flores de lírio de variadas cores cobre o metal da nave abandonada. Eles caminham em direção à bicicleta a passos lentos.

— Se você ficasse vivo, o que aconteceria?

— Este seria absorvido pelo Organismo e perderia toda a sua identidade.

— Sinto muito por você ter ficado no meio de uma situação tão horrível. E sinto muito por não ter pegado seu corpo pra um enterro decente.

— Tudo bem. Contanto que este seja lembrado, não há problema.

— Você... foi muito importante. Pra mim. Pra todo mundo. Valeu.

— De nada.

— Gosto dos seus sorrisos. Sei que são sempre verdadeiros. São diferentes dos meus.

— Este às vezes é capaz de diferenciar os falsos dos verdadeiros de Cassandra. Os verdadeiros são muito mais bonitos.

— Obrigada.

— Este gostaria de agradecer pela presença de Cassandra. Este jamais entenderia a responsabilidade enorme que constitui a verdadeira humanidade sem a sua presença. E também jamais compreenderia o total significado do amor. E, claro, agradecer por ter decidido tomar conta deste.

— Já acabou?

— Quase. Este quer agradecer por Cassandra ser sua irmã.

— ... de nada. Só uma coisa: eu sou a mais velha, né?

— Sim.

— Ufa, que bom. — Ele ri, o que a faz sorrir. — A gente... chegou. Sinto muito por não ter podido realizar seu sonho.

— O sonho deste era ser humano e viver como um. Este ano foi a maior realização deste sonho que se poderia imaginar. Agora, é a vez de Cassandra seguir em frente e realizar os próprios sonhos.

— Vou sentir sua falta.

— Este estará junto ao longo do caminho. E, no final, todos se reencontrarão de novo.

— Olha só, quem não via sentido em filosofia agora tá filosofando. É brega, mas é lindo.

— Este sabe.

Eles se abraçam. Ela sorri junto das lágrimas que caem ao vê-lo subir na sua bicicleta e partir.

LEGADO

— ... e trouxemos algumas pessoas pra falarem sobre o assunto por terem experiências pessoais. Cássio, poderia?
 — Hum? — ele murmura, erguendo o olhar. — Ah, sim, claro. — Ele inspira fundo, se levanta, senta em uma das cadeiras vazias frente à multidão e sorri. — Olá a todos, meu nome é Cássio. Eu sou psicólogo e todos os meus pacientes têm depressão, a maioria com ideações suicidas. Minha experiência pessoal com o suicídio, além de eu ter traços de transtorno bipolar desde a adolescência e também sofrer de ideações suicidas, é que o meu primeiro namorado se matou. Ele tinha 16 anos. Eu me perguntei muitas vezes porque ele fez isso e, olhando pra trás agora, entendo que ele se viu numa situação na qual estava preso entre duas alternativas muito, muito ruins, e ele não viu outra saída. Porém ele estava tão focado em se livrar daquelas duas alternativas que se esqueceu de uma terceira, que era só... se virar. E voltar. — Seu sorriso se torna mais triste. Todos os presentes na roda de conversa podem ver que a dor daquela perda nunca realmente passou, apenas cicatrizou. — Essa é uma coisa que temos que lembrar às pessoas suicidas: que elas podem simplesmente se virar para aqueles que as amam e voltar pra casa.

Ao final da roda, uma de suas colegas se aproximou.

— Sua participação quase me fez chorar!

— Que bom.

— Não vai ficar um pouco mais pra conversar com as pessoas?

— Ah, não posso, desculpa. Tenho um compromisso com uns amigos.

— Sem problema, eu explico!

— Obrigado!

Ele se senta à mesa da pizzaria e espera. Menos de meia hora depois, todos chegam. O clique-claque das muletas de Leo é tão inconfundível quanto o boné que ele lhe dera, agora, assim como o restante de suas roupas, salpicado de tinta. Marina parece ter quebrado o nariz na sua última luta, mas, fora isso, está tão radiante quanto sempre, fazendo a mesma piada que faz toda vez que Cassandra chega ("coé, gatinha, seu pai é padeiro?"). A própria Sandra, por sua vez, chega um pouquinho atrasada, já que a biblioteca fecha às seis e meia e foi ela quem ficou de ir buscar o bolo. Por fim, chegam Isadora e Gabriela, as duas parecendo que tomaram banho na pressa depois do ensaio da companhia de dança. Trazem o vaso consigo.

Eles conversam, riem e fofocam. Apesar de não se encontrarem tanto com todos morando em BH, ainda são bons amigos. Em determinado momento, chega a hora de cantar parabéns. É aniversário de Lírio, e faz dez anos desde que ele chegou e mudou a vida de todos eles para sempre. Trouxeram, como todos os anos, a flor que o representava como um presente.

— Um brinde... ao Lírio. Aquele alien que mudou todos nós.

Eles brindam ao namorado, parceiro, amigo, irmão. Eles superaram a dor, mas nunca deixarão de amá-lo e homenageá-lo. Quando terminam de cantar parabéns para o bolo, um vento súbito apaga a chama das velas de dez anos.

CRIVO EDITORIAL
r. Fernandes Tourinho // n. 602 // sl. 502
30.112-000 // Funcionários // BH // MG

- crivoeditorial.com.br
- contato@crivoeditorial.com.br
- facebook.com/crivoeditorial
- instagram.com/crivoeditorial
- loja.crivoeditorial.com.br